GRANDE

Prima ristampa, ottobre 2017

Questa è un'opera di fantasia. Qualsiasi riferimento a luoghi,
fatti o persone reali è puramente casuale.

ISBN 978-88-6656-373-0

www.edizioniel.com

Daniele Nicastro

GRANDE

Einaudi Ragazzi

A Paoluccio,
il cui ricordo continua
ad alimentare la mia Sicilia.

La mafia è quando tu vuoi fare una cosa
e non te la fanno fare, e allora c'è la mafia.

Luca, quindici anni, Napoli

Capitolo 1

Non tutti hanno la fortuna di andare in Sicilia, e alcuni hanno la sfortuna di *doverci* andare.

Sono proprio due categorie di persone. Per la prima, la Sicilia è una combo arancini-cannoli-sole-mare, spiagge di sabbia fine, ricotta fresca, granita al limone. La valle dei templi, il vulcano attivo piú grande d'Europa, la città delle arance.

Ma io appartengo alla seconda categoria e questa non è la *mia* Sicilia. La Sicilia che conosco. Vediamo di capirci: abito a Torino, e di siciliano ho solo i genitori. E quelli non si scelgono. Non sono il tipo di persona che dice frasi come: «Non è come quella che cuciniamo giú» o «Non è la stessa cosa che succede in Sicilia». Non capisco il dialetto siciliano e nemmeno lo parlo. Insomma, a essere del tutto sincero, la Sicilia non mi piace e non è cattiveria, sto solo cercando di essere preciso e dire le cose come stanno.

Mi chiamo Luca. Ho tredici anni, e questa è la storia di come la mia vecchia vita se n'è andata senza che io sia riuscito nemmeno a salutarla.

– Luca, sei sveglio?

È la voce rauca di mia madre, seduta al lato passeggero. Si è appena svegliata e per qualche strana ragione deve rendere tutti partecipi dell'evento. Dovrei rispondere, ma non lo faccio. *Non posso* parlare e continuo a tenere gli occhi chiusi

ascoltando il rombo dell'auto. *Non posso*, anche se sono sveglio da ore, anche se non ho dormito affatto.
Secondo il giornale radio sono le due del mattino. Mio padre spinge la Fiat Punto poco sopra il limite di velocità, quel tanto che basta a non viaggiare con lo spauracchio di una multa. Siamo sull'A1 Milano-Napoli, l'«Autostrada del Sole», come la chiamano tutti, ma del sole non c'è nemmeno l'ombra, dato che noi viaggiamo di notte. Per noi è *l'autostrada fantasma*.
È una specie di mantra di papà, che inizia a ripetere verso fine maggio, ogni anno, da quando sono piccolo: «Nei mesi delle vacanze tutti viaggiano in macchina. Le code sono inevitabili, ci vuole una partenza intelligente», e mentre lo ripete mamma fa sí con la testa, fingendo di credergli. Io non sono d'accordo: partire alle sei di sera, come facciamo noi di solito, con papà che guida tutta la notte è folle. Ma lui è soddisfatto e, quando le macchine si fermano nelle aree di sosta, commenta: «Finalmente si viaggia come si deve».
Se poi, durante il viaggio, io o mia madre dobbiamo andare in bagno, lui comincia a sbuffare. Soffre, ma davvero. Dice che se cominciamo a fermarci non arriveremo mai in Sicilia, che bisognerà avvisare i parenti che siamo in ritardo, che... che... che...
No, non sto esagerando. Per mio padre l'autostrada è una pista di Formula Uno da correre con una Punto del 1998. È concesso un solo pit stop, per il cambio gomme e il rifornimento in un colpo solo. Non che lo facciano, in autostrada, ma ci siamo capiti. Il suo record è Torino-Petramonica in sedici ore e mezzo. Percorso netto.

– Hai sete? Vuoi dell'acqua?
Mia madre non si arrende mai.
Se ha deciso che sei sveglio, allora sei sveglio. Io non la guardo, faccio un verso e mi stropiccio le palpebre mentre lei mi osserva con quei suoi occhi da ranocchio, tondi e sporgenti, dietro le lenti spesse. Soffia via una ciocca di capelli sfuggita all'elastico e si gratta il collo.
– Non vuoi sgranchirti le gambe? Non devi andare in bagno? Magari possiamo fermarci alla prossima area di servizio...
– Sara! Di nuovo? – sbotta mio padre.
– Sí, Lillo! Di nuovo! Non ci corre dietro nessuno!
In realtà si chiamano Rosaria e Calogero, e pare che in Sicilia si usi cosí. Se il tuo nome è Calogero, ti chiamano Lillo, che non è il diminutivo di Calogero. Non c'entra niente e basta. E funziona uguale anche per Rosaria, ma almeno Sara ci si avvicina.
– Se ci corre dietro qualcuno, nemmeno lo vediamo!
– Sei tu che hai voluto viaggiare di notte!
Vanno avanti cosí da prima della partenza, lo fanno sempre, tutti gli anni. Mio padre osserva il cumulo di borse e valigie in silenzio mentre mamma ne prepara cosí tante che metterle nel bagagliaio è come giocare a Tetris. Papà le infila, le gira, le rigira e infine le incastra. Di solito ne individua subito una che è la sua Pecora Nera: ancora prima di provare a farla stare a bordo, dichiara che non ci starà e minaccia di lasciarla a casa. Ma mamma non perde un colpo e, mattoncino dopo mattoncino, la Punto viene saturata come un furgone da fiera. Ovviamente non può mancare il cibo per il viaggio, sempre abbondante, non si sa mai cosa può succedere...

Per esempio, stavolta mamma ha riempito diversi contenitori con l'insalata di riso, gli straccetti di pollo con la maionese, le melanzane, il salame...
Comunque, credo che papà ci abbia perso i capelli, caricando e scaricando l'auto. È alto un metro e settanta, ha la fronte spaziosa e la carnagione scura. Quando si innervosisce affiora l'accento e, siccome c'è un bello spazio tra gli incisivi, a volte gli parte un fischio e a me viene da ridere.
Vorrei stuzzicarli come faccio spesso, commentare, lamentarmi, ma stavolta resto zitto, *non posso* parlare perché sono troppo arrabbiato e voglio che i miei genitori lo sappiano.
Drizzo la schiena e incrocio le gambe sotto il sedere. Osservo il cono di luce dei fari attraverso il parabrezza, l'asfalto è un'infinita lingua scura che maciniamo senza sosta. Il sibilo del condizionatore è coperto da un canale radio che trasmette musica italiana anni Sessanta.
Vorrei ficcarmi le cuffie nelle orecchie e alzare il volume dell'iPod, ma non posso: me l'hanno confiscato.
E non ho il cellulare. Sono l'unico della mia classe a non averlo.
– Allora? – riattacca mia madre. – La vuoi o no, l'acqua?
Io stringo le palpebre e resto immobile. Muto.
Mio padre le suggerisce di lasciarmi in pace: quando avrò sete, lo dirò. Ma non è l'acqua il problema, mamma l'ha capito.
– Lo sta facendo apposta, – dice. – Vuole farcela pagare.
Piego un angolo della bocca e mi trattengo dal sorridere perché potrebbe vedermi nel finestrino, e non voglio darle alcuna soddisfazione. Anche se ha indovinato: *non posso* parlare

perché voglio fargliela pagare. Voglio tormentarli fino a farli pentire di avermi costretto a fare questo dannatissimo viaggio e, soprattutto, di avermi mentito.
Io non ci voglio andare in Sicilia, figuriamoci a Petramonica!
È il paese di mio padre, della sua famiglia e dei suoi vecchi amici. Non dei miei, che si allontanano inesorabilmente mentre papà preme sull'acceleratore.
E, con loro, la mia estate.

Capitolo 2

Le gomme sulle giunture dell'asfalto fanno un rumore che quasi m'ipnotizza. *Tu-tump, tu-tump, tu-tump*.

Stiamo attraversando un ponte autostradale in Calabria. Sollevo un lembo dell'asciugamano pinzato al finestrino e osservo il paesaggio: grigi guardrail di lamiera, colline di ruggine, paesi arroccati e un'infinita distesa di cantieri. Ogni volta che ne incontriamo uno rallentiamo, stringiamo sulla corsia di destra e procediamo piano.

A un certo punto papà chiude il finestrino, gira le manopole dell'aria e punta il dito sul parabrezza. Io mi sporgo fra i sedili e osservo la nuvola di fumo che avvolge le corsie dell'autostrada mentre le auto rallentano e accendono le luci d'emergenza. Intravedo una galleria in mezzo al fumo, una delle tante. Sembra un buco nero.

Poi arriva l'odore pungente: sterpi e copertoni bruciati. I fiocchi di cenere volano alti, sospinti dal calore. Sono suggestivi, lo ammetto. E man mano che scendiamo lungo «lo stivale» diventano piú frequenti.

È colpa del caldo insopportabile che attacca i vestiti alla pelle? O li appicca qualcuno? Vorrei chiederlo a papà, lui queste cose le sa ma *non posso* farlo, significherebbe dargliela vinta.

Oh, certo, lui farebbe finta di niente, mi guarderebbe con i suoi occhi profondi, in un silenzio piccato, e mi risponderebbe. Papà parla piú con i silenzi che con le parole. Mamma no, lei apre bocca di continuo, non perde un'occasione. Per esempio, se dicessi qualcosa adesso, commenterebbe di certo che fare i capricci non serve a niente... No, ho i miei buoni motivi e lei può continuare a chiamarmi «tesoro», «gioia» o «bambino mio», ma la verità è che non sono piú un bambino e non faccio capricci. Sono le bugie che non sopporto... Esattamente un mese fa, mamma era raggiante per la pagella, proprio lei che la scuola non l'ha fatta proprio tutta... cosí ho richiesto un premio: andare con i miei amici al mare. Per sicurezza, ho preso carta e penna e chiarito: *Posso andare con Roberto, Andrea, Giulia e Simonluca una settimana a Loano in Liguria?*

La risposta non la dimenticherò mai: – Sí. Promesso.

Non me la sono immaginata! E, ovviamente, ci ho creduto.

Solo che dopo un paio di settimane è arrivata una telefonata.

I miei hanno risposto, poi sono usciti in cortile a parlare e quando sono rientrati avevano due facce scure scure.

– La nonna è peggiorata, non le resta molto. Dobbiamo scendere in Sicilia.

Probabilmente sono una persona cattiva: la prima cosa a cui ho pensato sono stati i miei amici. Addio vacanze al mare, addio Roberto, Andrea, Giulia e Simonluca. Addio ultima occasione di stare tutti insieme... perché è inutile girarci intorno: finita la terza media, l'anno prossimo andremo in scuole diverse. E allora addio intervallo insieme, partite di calcio in cortile o litigate su chi di noi riuscirà per primo

a baciare Giulia. Sí, forse non ci perderemo di vista subito, ma fra un mese, fra un anno, saremo ancora amici? E Giulia? Chissenefrega se non sono io, il primo, ma vorrei proprio provare a baciarla...
La nonna è peggiorata, non le resta molto.
Non è rimasto molto nemmeno a me. Anzi, mi è salita la rabbia, e ancora sono incavolato nero: non sopporto l'idea che per l'ennesima estate andiamo in un paese che non è il mio, non lo è mai stato e mai lo sarà.
Perché me la prendo tanto? Te lo dico?
È una lista di cose, giuro che è breve, ci vuole un attimo...
A Petramonica mancano i miei amici, ma non solo.
Mancano i divertimenti.
Mancano i giardini, e il cinema.
Manca anche l'acqua.
E sí, sono un tredicenne che forse ora è insopportabile, ma non sono un cretino, sono il primo della classe quest'anno! Non ho fatto tanta fatica solo perché mia madre potesse vantarsi con gli altri genitori... E io? Dov'è la mia stramaledetta settimana di vacanza al mare?
Grazie alle mie sfuriate sono finito in punizione. Ovvio.
Cosí ho deciso di chiudere la bocca, l'ho visto fare da un tizio fico in un film, *Little Miss Sunshine*. Si chiama Dwayne. E io sto facendo esattamente come lui, anche se non è facile stare sempre zitto. Ma resisto, *non posso* rovinare la mia vendetta per una stupida domanda, nemmeno quando mia madre torna alla carica...
– Hai fame, bambino mio?
Sento il tintinnio delle posate, il fruscio dei tovaglioli e il

rumore metallico della carta stagnola. Appena apre il contenitore di plastica azzurra, in tutto l'abitacolo si diffonde il profumo di pollo marinato. Ma io, zitto.

– Ehi, sto parlando con te! La vuoi smettere?

Io sollevo di scatto la testa dal libro che ho tirato fuori e la guardo dritto negli occhi.

«No, non la smetto! Non ci penso neanche!»

Non dico niente, in realtà, ma ho il respiro affannato, perché quelle parole, nella mia testa, le ho gridate.

– Non è cosí che ti abbiamo educato, – riattacca lei. – Vedi di fartela passare prima di arrivare a Petramonica, chiaro? Abbiamo già abbastanza pensieri con la nonna, non ti ci mettere anche tu!

Il mio mento scatta in alto. «Altrimenti?»

Mia madre capisce, anche se non ho fiatato.

– Intendi farci passare una brutta vacanza? È questo che vuoi? La nostra famiglia non vede l'ora di riabbracciarti: gli zii, i cugini, gli amici... Non te ne frega niente? Lo sai quanto tempo è che non veniamo a Petramonica?

– Petramonica fa schifo!

Ecco, l'ho detto davvero, anzi, l'ho proprio urlato. Tutta la rabbia accumulata mi è esplosa dentro all'improvviso.

Per un attimo, solo uno, mia madre rimane senza parole.

Per me è una specie di conquista, in un certo senso. Poi si gira all'indietro, con una punta di amarezza nella voce.

– La volta scorsa non volevi piú andartene.

– La volta scorsa ero un bambino, non capivo un ca...

– Modera il linguaggio!

L'occasione che aspettavo.

– Se no, *cosa*? Mi fai scendere?
Lei spalanca ancor di piú la bocca. Io sorrido, beffardo, ma al tempo stesso mi vergogno un po' perché so che non se lo merita; probabilmente sono davvero un pessimo figlio. Eppure penso anche che se l'è cercata, eccome: è stata proprio lei a ripetermi milioni di volte che le promesse si mantengono.
– Smettetela, tutti e due! – interviene mio padre frenando bruscamente.
La macchina slitta sull'asfalto, un bagliore mi costringe a chiudere gli occhi e quando li riapro vedo decine di macchine davanti a noi. Sono disposte su piú file, ordinate, quasi tutte hanno le portiere aperte, i passeggeri fuori prendono una boccata d'aria. Piú in là c'è lo stretto di Messina, pieno di riflessi scintillanti.
A me sembra la fine del mondo.
E non è divertente.

Capitolo 3

La prima volta che ho assaggiato gli arancini ero piccolo, avrò avuto quattro anni, cinque al massimo. Sembrano arance fritte ma sono polpette di riso con la sorpresa: un cuore rosso di sugo di pomodoro e piselli.

Ogni anno ne mangiamo a centinaia, ma papà insiste che quelli sul traghetto sono i migliori di tutta la Sicilia, anche se sono bollenti, unti e con poco ragú. Cosí mi vengono in mente appena salgo le scale di vernice bianca aggredite dalla salsedine.

Raggiungiamo il bar della sala d'aspetto, che è un bugigattolo con un bancone stipato fra due colonne, dietro cui ci sono le friggitrici che schizzano olio sulla parete e friggono senza sosta. Quando finalmente arriva il nostro turno, il pavimento sussulta: il traghetto è partito. Ordiniamo e ci facciamo da parte. Dopo un po', un tizio stempiato con le braccia che sembrano due prosciutti ci consegna i nostri arancini su un vassoio di cartoncino dorato e ci chiede se vogliamo da bere. Sto per dire «Una Coca-Cola», quando mia madre scuote la testa e paga con una banconota da venti euro.

Abbiamo la bottiglia d'acqua nella borsa a tracolla. Calda, ovvio.

– Sono matti, – dice mia madre a voce alta. – Costa piú il bere che il mangiare.

Papà non risponde, non vuole far figure, ma so che è d'accordo. È il prezzo la prima cosa che guardano, sempre. A volte mi chiedo se siamo poveri. Papà lavora alla Fiat da quando sono nato o, almeno, da quando mi ricordo. E mamma fa dei lavoretti di sartoria. Cambia cerniere, accorcia e allunga le gonne, ripara gli strappi, quelle robe lí. Insomma, non lo so, forse continuano a risparmiare perché lo hanno sempre fatto e non riescono a smettere.

Il ponte è spazzato da una brezza calda e umida, carica di profumi intensi: l'acqua salata, il pesce, il fumo, la frittura... Ci sono un sacco di persone, ma noi siamo gli unici che mangiano all'aperto, e in piedi, dato che i pochi sedili, scomodissimi, sono tutti occupati.

Dopo il primo arancino, mi strofino le mani sui jeans e decido di sporgermi dal parapetto, scatenando l'immediata reazione isterica di mia madre che mi afferra per il colletto e mi strattona indietro. Fa sempre cosí, non si distrae mai, lei. Poso lo sguardo sullo stretto di Messina. Mi chiedo perché non si chiami «stretto di Villa San Giovanni», che è il paese che ci siamo lasciati alle spalle. Se la sono giocata a pari e dispari e ha vinto Messina?

Sono solo pochi chilometri, ma ci vuole sempre tantissimo, o almeno cosí mi pare. Cerco con lo sguardo i vortici di Scilla e Cariddi, immaginando le leggende che abbiamo studiato a scuola. Ma vedo solo una distesa di acqua azzurra e spuma bianca.

Il mare dello stretto è un bagno di riflessi scintillanti. I gabbiani planano leggeri sulle onde, puntando il becco a pelo d'acqua per cercare qualcosa da mangiare e, all'ultimo, s'innalzano spiegando le ali. La costa siciliana si avvicina sempre

piú, con le sue spiagge color seppia, le abitazioni una sull'altra e il porto pieno di strutture metalliche.
La chiglia del traghetto fende l'acqua, gli schizzi biancastri volano in preda a correnti d'aria che fanno fischiare le orecchie, e mentre osservo il panorama sto bene, mi sento quasi in pace col mondo. Poi il colore del cielo mi ricorda gli occhi di Giulia, la mia ex amica e quasi-ragazza, e allora la rabbia torna.
Giulia ha la mia età ed è molto bella. Ha lunghissimi capelli biondi, gli occhi azzurri e quando sorride le compaiono due irresistibili fossette agli angoli della bocca. Anche lei è al mare, in questo momento, ma con Andrea, che le starà appiccicato come una cozza allo scoglio. Avrei voluto chiederle di metterci insieme prima che lo facesse lui, e invece niente, i miei piani sono saltati.
Addio Giulia, mi dico, afferrando l'ultimo arancino sul vassoio, ma papà è piú veloce di me: sorride, lo apre in due e me ne porge metà.
Poi mi indica un torrione con in cima una statua dorata: fa parte del rito, assieme agli arancini. Ci facciamo il segno della croce davanti alla Madonna della Lettera, che si chiama cosí perché con la mano sinistra stringe una lettera, con l'altra invece benedice tutti i naviganti e i viaggiatori come noi. E papà, come tutti gli anni, si commuove. Le palpebre si abbassano ripetutamente, come per proteggere le lacrime che uno come lui non può far cadere sulle guance.
Io resto in silenzio.

– Siamo quasi arrivati! – esclama mio padre, riempiendo lo specchietto retrovisore con un sorriso sghembo.

Alzo la testa e sbadiglio, è quasi ora di pranzo. Lui lancia un'occhiata a mia madre. – Telefona a Carmine. Digli che siamo alla «Tonnara» e che fra dieci minuti suoniamo al campanello.
Fuori ci sono colline brulle, avide di acqua e incolte. Una macchia di verde appare all'improvviso: un grumo di palme, siepi e rampicanti che sembrano mangiarsi un vecchio edificio di cemento grezzo con il tetto piatto e l'intonaco annerito. Il cielo è striato da tonalità di celeste.
Bar. Ristorante. Albergo. LA TONNARA dice l'insegna.
Manca solo «pizzeria» e poi c'è tutto. Rallentiamo per aggirare il parcheggio del distributore di benzina, e raggiungiamo l'incrocio. Sul palo, al centro dello svincolo, ci sono tre cartelli: Rocca Mezzana e Petramonica puntano a sinistra, Agrigento a destra. Lasciamo la statale e ci inoltriamo sull'asfalto sconnesso che s'inerpica intorno a una collina spelacchiata dov'è arroccato il paese di papà. Domina una conca afosa. Ci sono terreni bruciati, le pale spinose dei fichi d'india, i ruderi delle palazzine crollate, i manifesti pubblicitari coperti di scritte e parolacce. Ma, a guardare bene, spuntano qua e là anche rigogliose piante di melograno, mandorli, gelsi e ulivi. E alberi di fico dalle foglie fitte, larghe come una mano, che il sole non riesce a oltrepassare. Una terra di contrasti, la Sicilia.
– Rosa è all'erboristeria, – dice mia madre, staccando il cellulare dall'orecchio. – Che facciamo? Passiamo di lí o andiamo direttamente a casa di mamma?
La mamma di papà, nonna Pina. La causa di tutto.
– *Dassutta a chiazza?* – risponde papà, in dialetto.

Credo che significhi: sotto alla piazza. E allora mi viene in mente che Petramonica è un paese tutto in salita. Le strade montano da una parte e scendono dall'altra, roba da far venire il mal di testa.
– Al solito posto... – risponde mia madre.
Si rimette il cellulare all'orecchio e riprende a parlare con zia Rosa, che è il diminutivo di Rosalba. In realtà stanno urlando, è impossibile non sentire la conversazione, e mi sembra di capire che anche zio Carmine e mio cugino Paolo ci raggiungeranno lí. Poi andremo a casa tutti insieme.
– Facciamo *accussí*, – conclude papà.
Il dialetto gli torna ogni volta che scende dal traghetto, come un'allergia all'aria che respira qui. O come una cosa preziosa. Mi piacerebbe parlarlo però non mi riesce e, per la verità, non mi sono mai davvero impegnato. Ma già sento le risatine e immagino le strizzate d'occhio dei cugini mentre dicono: – Sei proprio di Torino, *neee?*
E poi ci siamo. Petramonica compare di botto alla fine di una doppia curva, sotto sbuffi di nuvole bianche, sovrastata da un'imponente roccia monolitica gessosa: il monte Peppino. Abitazioni antiche emergono a ridosso della pietra nuda, come denti scheggiati. Da lí il paese si srotola a valle in un ammasso confuso di casupole, palazzi di mattoni, asfalto, guglie e campanili. Sembra la tavolozza di un pittore che ha appena finito un quadro: rosa, giallo e arancione mischiati tra loro, picchiettati da diverse tonalità di verde e azzurro, con residui grigi e macchie scure. Attraversiamo una zona di capannoni sventrati e abitazioni vuote. Abbasso il finestrino per fendere il vento con il palmo della mano, ma ritiro il

braccio all'istante perché, accanto a noi, sfreccia una Vespa truccata.
Un ragazzo con la maglia dei Lakers ci strilla: – Ehi, torinesi! – e ci fa una pernacchia. Finge di venirci addosso, poi accelera.
Altri due sgasano e passano avanti, urlando in dialetto. Non capisco cosa dicono, ma papà si arrabbia moltissimo, quindi non devono essere complimenti. Ci tagliano la strada, e mia madre strilla a squarciagola: – Pezzi di *sturduti*!
Ma il bello arriva ora: un tipo, con la maglietta nera firmata e un tatuaggio che gli gira intorno al braccio, solleva il muso del suo scooter e ci supera impennando. Io ho il naso sul finestrino, meravigliato.
Vedo la ruota anteriore girare piano mentre il fenomeno segue la linea tratteggiata sull'asfalto, cosí sbiadita da sembrare appena un alone. E, un attimo prima di schiantarsi contro lo spartitraffico, recupera la posizione e sfreccia via senza guardarsi indietro.
– Tutto bene? – mi domanda mia madre, voltandosi a guardarmi. E poiché non le rispondo dice a mio padre: – *U picciriddu si scantò*, – mollandogli uno schiaffo come se fosse colpa sua. Ma io non sono affatto «scantato», sono ipnotizzato.
Quel sorpasso su una ruota sola...
In impennata, con quella sicurezza...
Che gli può succedere, a uno cosí?
E perché io non lo so fare?

Capitolo 4

L'erboristeria Toccasana è davanti a noi: porta d'ingresso con vetrina di prodotti naturali e rametti di euforbia, insegna bianca con scritte verdi, cornice di lamiera color pisello e zerbino in tinta.

Mamma entra con passo marziale, io la seguo, e papà chiude la fila: sembriamo una parata. Ma di zia Rosalba nessuna traccia.

Il negozio all'interno è lindo, scintillante. Ci sono un paio di vetrine aperte, un bancone ad angolo e una scrivania piena di scartoffie.

Mamma aggira il bancone, spalanca la porta sul retro e per poco non le frana in testa una pila di scatole.

– Non c'è nessuno, a parte il disordine, – commenta abbassandosi a sistemare.

Mio padre allarga le braccia. – Che facciamo?

Poi arriva di corsa un tizio in canottiera, infila la testa all'ingresso e urla: – Fra un minuto arriva!

– Mariiia! – esclama mia madre, gettandosi una mano al petto.

La voce squillante del tizio ci ha preso alla sprovvista, per lo spavento mi si è quasi bloccata la crescita. Ma non è solo lui, qui parlano tutti a voce altissima, e per farsi sentire bisogna parlare piú forte degli altri. Per strada c'è un baccano che sembra di stare al mercato di Porta Palazzo, sono serio.

Il tizio si scusa, e aggiunge: – I parenti di Torino siete... La dottoressa a prendervi da bere è andata!
E senza lasciarci ribattere, si ributta nel traffico della via centrale, stretta, con i marciapiedi a pelo delle auto, i clacson e gli echi dei venditori di frutta e verdura.
Ha detto: *I parenti di Torino siete...* E non era una domanda. Come fa a sapere chi siamo? Forse gliel'ha detto zia Rosalba, o magari abbiamo una specie di segno in fronte... Potrebbe dipendere da come siamo vestiti? Abbasso lo sguardo: indosso una maglia con il faccione bianco del Joker del *Cavaliere oscuro*, un paio di bermuda jeans sfilacciati al ginocchio e le sneakers alte di tela. A me sembra tutto normale. Sono i miei che sono sguaiati: camiciotto giallo canarino e pantaloncini sportivi per mio padre, abito a fiori e cappello di paglia per mia madre. Sembrano il prototipo dei turisti, anche se qui ci sono nati. Non ne vengo a capo, quindi smetto di pensarci. E siccome ho già capito che le cose andranno per le lunghe, mi fiondo sulla poltrona dietro alla scrivania, l'unico posto a sedere di tutto il negozio.
– Ma che bisogno c'era di andare a prenderci da bere? – rimugina mamma, come suo solito. – Mica si lascia cosí, il negozio. Chiunque può entrare a curiosare e rubare quel che vuole.
– Rubare? Qui al paese? – ribatte papà. – Non si è mai sentito. Ci si conosce tutti e, se qualcuno ci prova, subito lo beccano. Poi Rosalba è una dottoressa e le portano rispetto, ha curato un sacco di gente.
Papà parla come se a Petramonica ci vivesse ancora. Ci è tornato da appena un quarto d'ora e già fa parte della comunità. A volte non lo capisco.

Ruoto la poltrona di pelle nera, agguanto il mouse e il monitor del computer si attiva all'istante. Sul desktop appare il logo dell'erboristeria: una foglia con occhi e bocca stilizzati che sorride appoggiandosi alla scritta *Toccasana*.
Mi viene da ridere, poi vedo la piccola icona del wi-fi nell'angolo a destra dello schermo e subito mi tornano in mente Giulia e Andrea. È un riflesso automatico, non ci posso fare niente dal momento che non ho il telefono e l'unico modo di rimanere in contatto coi miei amici è attraverso Facebook.
Okay, qui manca tutto... ma il wi-fi c'è: sono salvo!
Realizzo che potrei controllare lo status di Andrea. Quel balordo del mio amico, probabilmente già ex amico, aggiorna il profilo di continuo. Si diverte un mondo a scrivere cose che non posso leggere finché non ho un computer a disposizione. E quando lo faccio di solito non capisco nulla, perché Andrea scrive come un cane e adora essere ambiguo.
La verità è che sono indeciso se guardare o no il suo profilo. Ci saranno anche le foto della vacanza al mare? Andrea avrà fatto un sacco di quegli stupidi scatti che piacciono tanto a Giulia: guancia a guancia, posa rock e lingua di fuori... Che rabbia!
Sono troppo curioso: rapido sposto il cursore sull'icona di Google Chrome, sto per cliccare quando la poltrona schizza all'indietro e tra me e la scrivania si apre una voragine. Mouse e tastiera da una parte, io dall'altra.
– Giú le mani dal computer! – strilla mia madre. – Non si ficca il naso nelle cose degli altri. Quella è roba di lavoro!
– Mi connetto solo a Facebook! – ribatto. Allungo le mani verso la scrivania, ma mamma è piú veloce e mi fa girare

insieme alla poltrona finché non me la ritrovo davanti. – Ho detto NO!
Guardo verso mio padre in cerca di aiuto, ma lui fa una smorfia.
– Tua madre ha ragione. Potrebbero, che ne so... cancellarsi dei dati o le schede dei pazienti. Meglio evitare, no?
E gli parte un fischio tra i denti. Altro che aiuto! Se neppure papà sta ogni tanto dalla mia parte... sono finito. La mia estate è finita, per la seconda volta.
In quel momento zia Rosalba entra trafelata.
– Arrivati siete! – esclama.
Mia madre le va incontro a braccia aperte, urtando la poltrona, cosí io riprendo a girare come in una giostra. Il tempo di fermarmi e vengo travolto da un turbine di donna con il naso aquilino e la coda di cavallo, avvolta in un camice bianco con lo spacco.
– Nipotino adorato! – strilla con voce graffiante.
Seguono nell'ordine: un soffocante abbraccio che mi impedisce di rispondere, un girotondo che quasi ci manda addosso a una delle vetrine e una serie di manfrine come «gioia della zia», «cuore di zia» e altre varianti sul tema. I nomignoli mi perseguiteranno per tutta l'estate, non ho dubbi.
La zia si stacca e comincia a muovermi, sembro un perfetto pupo siciliano.
– Sei alto assai, – dice. – Quasi non ti riconoscevo! Sei uguale uguale a tuo padre: i capelli dritti come un fuso.
Allora guardo mio padre. A me sembra che di capelli ne abbia davvero pochi, ma guai a farglielo notare. Nel frattempo zia Rosalba mi fa l'identikit come se fossimo al commissariato: occhi castani, capelli scuri, naso a punta e guance promi-

nenti. Un attimo dopo mi pizzica i fianchi e si rivolge ai miei genitori. – Ma gli date abbastanza da mangiare al *caruso*? È nell'età dello sviluppo. Abbisogna di proteine, vitamine e... Mica sta facendo qualche dieta *vastasa*?
Mamma non fa in tempo a rispondere, che la zia è già partita a parlare di medicina e a tirare fuori pesanti libri.
Io spengo il cervello e mi limito ad annuire furiosamente.
– Luca si sta annoiando, – dice dopo un po' e mi accompagna alla scrivania mettendomi il mouse in mano. – *Ioca co' computer mentri ia parlu cu to' ma'.*
Non ci posso credere! La ringrazio e fulmino mia madre con un'occhiataccia. Mi godo la silenziosa rivincita dalla poltrona, come un imperatore, enfatizzando ogni gesto sotto lo sguardo infastidito di mia madre che non si è opposta solo per educazione, ne sono certo.
– *Chi cumminate?* – domanda una voce secca.
Guardo oltre il monitor. Per un attimo, ho l'impressione di osservare un clone di papà. Un po' invecchiato, con rughe vistose sulla fronte e la carnagione scurissima. È mio zio Carmine, apparso come una Madonna nello specchio della porta d'ingresso.
– Fatevi *abbrazzari*! – dice, e giú altre smancerie.
E siccome non c'è Madonna senza Gesú bambino, dalla luce accecante di mezzogiorno emerge anche mio cugino Paolo.
Noto subito che è diverso da come lo ricordavo. Adesso porta i capelli con la riga di lato, che scopre una sottile linea di cute sulla testa, e ogni ciocca sembra fissata con la colla. La montatura degli occhiali è tonda come quella di Harry Potter. È cosí rigido e silenzioso che sembra giusto uscito dal 1945.

Mamma mi trascina per un braccio e mi molla davanti a lui.
– Dài, saluta il cuginetto!
Rimaniamo a fissarci, senza sapere cosa fare.
– *Nenti* vi abbiamo offerto da bere! – salta su zio Carmine.
– Che *scecca*! – gli fa eco la zia. – Apposta sono uscita, ma nella gioia dei saluti me ne scordai. *Testa leggia*, sono!
Recupera una busta di plastica appannata dalla condensa e mi chiedo se il bar, Rosalba, non l'abbia svaligiato. Ci offre acqua frizzante, acqua naturale, aranciata, limonata, cedrata e Coca-Cola.
– C'è *macari* una birra, – aggiunge.
– *Ti scurdasti ca sunnu astemio*? – dice papà.
Zio Carmine interviene: – *Nenti* ci fa... me la bevo io.
Prende la bottiglia e la stappa con una chiave ma, invece di bere, sorride a suo fratello. – Lo sai da dove arriva questa chiave?
– No. Dimmelo tu.
– Nientemeno che dalla Cina.
– Non ascoltatelo. Sta *babbiando*! – dice la zia.
– Al bivio di Vergata l'ho comprata, – ridacchia lui. – A un banchetto dei cinesi. È una chiave apri-bottiglia.
Mentre tutti ridono senza motivo, mi scolo una limonata.
Mio zio scherza sempre: è capace di passare un'ora a raccontare un aneddoto e alla fine si scopre che se l'è inventato. Mi scompiglia i capelli e aggiunge: – Che facciamo, *picciò*? Chiudiamo 'sto negozio e andiamo a mangiare?
– Ma no, abbiamo mangiato gli arancini sul traghetto, – prova a rifiutare mamma. – Siamo a posto.
– Colazione era quella, – risponde zia Rosalba. – *Appiccio u fornu* e faccio subito una bella pasta con le melanzane.

– Guarda che noi...
– *Acchianate* da mamma e vi sistemate. Carmine vi accompagna, – continua lei, imperterrita. – Poi venite a casa e mangiate.
In Sicilia le «mangiate» non si possono rifiutare e so già che questa sarà la prima di una lunga serie, a casa di parenti e amici. Mamma guarda papà, che stringe le spalle e conclude:
– E pasta sia!
Sbircio l'orologio verde appeso alla parete: sono le tredici passate e se zia deve ancora accendere il forno non oso pensare a che ora ci alzeremo da tavola... Mi affaccio sulla strada e la vampata di caldo mi costringe a socchiudere gli occhi.
A me sembra che il forno sia già acceso.

Capitolo 5

Zio Carmine ci fa strada con la sua Volvo station wagon, un cassone quadrato che cigola a ogni buca e rimbalza come una molla scarica. Ci infiliamo in un senso unico, una strada di acciottolato in mezzo alle case, stretta e liscia. Superiamo la vecchia cesteria, il negozio di articoli da regalo, la scuola e, nello slargo, il gommista che sta facendo rimbalzare dei vecchi pneumatici.

Il paese mi scorre davanti agli occhi come uno spot pubblicitario ma non lo sto guardando veramente. Continuo a rivedere il ragazzo che ha impennato in faccia a mio padre, vorrei proprio conoscerlo. Come si chiama? Chissà quanti anni ha... Che sciocco, almeno quattordici dal momento che non te lo danno prima, il motorino. Soprattutto, chi gli ha insegnato a impennare? Potrei farcela anch'io? Certo, se avessi un motorino...

Torno alla realtà mentre superiamo il centro e saliamo per la strada panoramica. Zio Carmine procede quasi a passo d'uomo, cosí, per non innervosirmi, mi concentro sulla vista dal finestrino. Costeggiamo un marciapiede con ringhiera che guarda alla vallata. È una cavità fra le colline, solcata da un fiumiciattolo talmente sottile che quasi sembra un miraggio, eppure scorre circondato dagli spruzzi verdi delle coltivazioni basse. Il panorama da cartolina s'interrompe quando imbu-

chiamo una rampa strettissima. Via Nazario Sauro si avvita come un turacciolo attorno a una casa rosa e diventa via del Signore. Lí ci fermiamo perché non si può passare: qualcuno ha lasciato una Fiat 127 arancione in mezzo alla strada.
Zio Carmine inizia un teatrino con un vecchietto ingobbito che chiama Giuseppe e che si affaccia da una finestra, con il viso bruciato dal sole e i capelli grigi.
– *Chi vúlite?* – domanda quello.
– Ha lasciato la macchina in mezzo alla strada.
– *Adasciu, cu t'ammutta?* – ribatte il vecchietto, sfoggiando una macchia di sugo sulla canottiera della salute.
Papà mi spiega che è dialetto stretto, vuol dire «stai calmo, chi ti fa fretta?». Alla fine Giuseppe fa sapere, sempre dalla finestra, che le chiavi sono dentro l'auto e, senza battere ciglio, lo zio si trasferisce sul pezzo di antiquariato, lo mette in moto e lo sposta davanti alla porta a vetri di un garage. Finalmente possiamo fare quei dieci metri che ci separano dalla nostra destinazione: un basso edificio con balcone al primo piano e panni stesi.
– Salutiamo la nonna, e poi scarichiamo i bagagli, – dice mamma puntando la porta di casa Padalino.
Io sbuffo. Mi sembra di essere ancora in viaggio, sballottato da una parte all'altra. Scendi dall'auto, entra in negozio, risali sull'auto, vai dalla nonna, scarica i bagagli, torna dagli zii... Riusciremo a fermarci da qualche parte?
– A quest'ora la mamma è a letto, – interviene papà. – Lasciamola riposare, la salutiamo piú tardi.
Ma io scatto avanti, lasciando tutti senza fiato.
La porta è aperta, tempo fa papà mi raccontò che si usava cosí,

una volta. Comunque entro svelto nella penombra della cucina. Osservo la disposizione delle stanze: a sinistra il tinello claustrofobico, in fondo il bagno nel sottoscala. La camera da letto è di sopra, ora ricordo. Salgo i gradini a due a due, evito per un soffio il placcaggio di papà e stringo forte i pugni.
La nonna è la causa di questo maledetto viaggio. Siamo venuti apposta per lei e non ho intenzione di aspettare. Voglio vedere subito, con i miei occhi, che è peggiorata come ha detto mia madre prima di calpestare la mia meritata vacanza con gli amici. E poi, io ho perso la mia estate, lei può fare un sonnellino piú breve, per una volta.
Entro nella sua stanza come una furia. Nella penombra, il silenzio mi avvolge. È un silenzio ovattato, interrotto dal respiro difficoltoso che proviene da sotto le lenzuola. Vedo spuntare un pennacchio di capelli grigi e le dita ossute di una mano. La nonna è rannicchiata in posizione fetale, cosí immobile che perdo qualsiasi slancio, e la rabbia svanisce in un istante. Mi accosto piano al letto e la guardo senza fiatare. Sembra fragile, indifesa. Riesco a vedere un pezzetto di guancia, d'un rosa quasi trasparente. Quindi vengo sollevato di peso. Non mi oppongo e mi lascio riportare giú, dove mi aspetta una delle solite prediche isteriche di mia madre.
– Che ti è preso? – domanda papà, spingendola da parte. Vede che sto zitto, e allora continua: – Ora che l'hai vista, sei d'accordo o no che è meglio lasciarla riposare? Rispondi.
Scrollo le spalle. Piú per scacciare la sensazione di tristezza che mi ha assalito. Ma continuo a fissare papà, risoluto. Non gliela darò mai la soddisfazione di sapermi d'accordo con lui. Mai.

Lo zio, invece, annuisce con gravità. – C'è tutto il tempo. Voi quanto restate? Un mese?

Inorridisco. – Un mese? Non scherziamo, un mese è troppo!

– Ne parliamo dopo, va bene? – mi dice mia madre sbrigativa perché non vuole discutere in mezzo alla strada anche se a me sembra assurdo, tanto poi in casa gridiamo e dalla strada si sente tutto lo stesso. Decido di lasciar perdere solo perché zio Carmine mi sta già squadrando con gli occhi penetranti e un sorriso enigmatico.

Mi carico un paio di zaini e raggiungo papà che sta aprendo la porta dell'edificio rosa all'angolo, con persiane di legno alle finestre e terrazzo all'ultimo piano. È lí che dormiremo, una casa che, a seconda di dove la si guarda, sembra di due o tre piani. Strano, vero? Se si entra da via Nazario Sauro bisogna chinarsi, perché la porta è piccola e bassa, e si sbuca in un cucinotto sotterraneo che è anche l'unica stanza dotata di bagno, con una specie di lavandino gigante nel sottoscala, che per lavarsi bisogna stare seduti altrimenti la testa sbatte sul soffitto.

Ma noi entriamo da via del Signore. Facciamo tre gradini, apriamo la grande porta con sopraluce e siamo nel pianerottolo. A sinistra c'è la prima camera e di letti ce ne sono tre, tutti singoli. Ma papà decide per la camera al piano di sopra, che ha il letto matrimoniale e il bagno sul pianerottolo.

– E Luca dove dorme? Non c'è il terzo letto...

Mi lancio su per le scale prima che mamma finisca la frase.

– Dormo all'ultimo pianooo!

– Appunto, – conclude mio padre.

Salgo i gradini di marmo a due a due. Lancio uno sguardo alla camera del piano intermedio, un sudario di ricordi con l'odore di chiuso, le foto incorniciate e il ventilatore antidiluviano. Quindi spalanco la porta dell'ultima rampa di scale e per poco non mi schianto contro il water nel pianerottolo. Sí, non mi sono sbagliato: è proprio un water dal momento che il bagno del primo piano è nel vano scala. C'è anche un lavandino, una finestra minuscola e un secchio pieno di stracci.

Vado avanti e raggiungo l'ultimo, meraviglioso piano dove c'è la stanza con terrazzo, e due letti singoli. C'è anche un piccolo bagno privato con uno spazio tutto suo dove non c'è pericolo che qualcuno sbuchi da un momento all'altro in cima alle scale beccando delle mutande abbassate...

È una camera spoglia, niente di che, ma è all'ultimo piano, che vuol dire libertà e indipendenza. È un posto da grandi, insomma, perché i bambini dormono nel terzo letto con i genitori come quando gli altri zii tornano al paese e si portano dietro i figli. Ogni famiglia occupa una stanza. «Chi tardi arriva, male alloggia», dice sempre mia nonna. Diceva, perché ora non ci sta piú molto con la testa. Ho sentito zio Carmine che lo sussurrava a papà. Ha una malattia che si chiama arteriosclerosi e ogni tanto dà di matto. Per me, un po' matta lo è sempre stata.

Getto uno zaino su ogni letto, tanto per chiarire che sono miei e non divido la stanza con nessuno. Esco in terrazzo e mi blocco. Il problema delle case vecchie è che sono piene di piccioni. E i piccioni fanno un sacco di bisogni. Il terrazzo sembra un quadro impressionista, è disgustoso, ma la vista

toglie il fiato: tetti, torri, terrazze e uno scorcio del granitico monte Peppino.
Mia madre approda all'ultimo piano con un fiatone che neanche in cima al Monviso. – Sicuro di voler restare da solo?
E me lo chiede anche?
– Io non mi muovo di qua. Tanto è tutto vuoto!
– Non cantare vittoria, potrebbero arrivare i tuoi cugini.
– Sí, ma ora non ci sono.
Papà si guarda intorno meravigliato, sono sicuro che i suoi occhi osservano un passato in cui ci dormiva lui qui.
– Lasciatelo stare qua, *u picciriddu*, – dice lo zio, entrato appresso a papà. – In vacanza siete.
Su questo avrei qualcosa da dire. Ah, se ne avrei!
– Certo che quassú fa caldo. Non c'è nemmeno un ventilatore, – osserva mamma. – Ne prendiamo uno da sotto?
Carmine mi si avvicina e attacca a spiegare. – *Ascunta a mia*... C'è puzza perché è stato chiuso per mesi. Sistemati comodo e poi chiudi di nuovo le finestre, altrimenti lo scirocco trasforma questa camera in un forno. Stanotte, prima di dormire, le riapri e fai entrare l'aria fresca.
– Me la so cavare, – rispondo serio.
– Ancora una cosa... – Solleva lo sguardo e indica la cisterna di plastica azzurra sul tetto. – Quella è la vostra scorta d'acqua. È piena e ci siete solo voi in tutta la casa, quindi problemi non ce ne sono, ma dovete stare attenti. Non è che Luca può *lassare* aperto il rubinetto e scendere a giocare. Altrimenti senz'acqua restate. È chiaro?
Annuisco, ripensando a tutte le volte che mi è successo a casa e sono stato sgridato da mia madre... ovviamente a lei spesso

ho risposto male ma forse, mentre mi diceva di non sprecarla, l'acqua, ricordava com'è qui... e aveva abbastanza ragione, mi sembra di capire, ora che so come funziona.

– Qui l'acqua arriva ogni quattro giorni, – continua a spiegare lo zio. – Si *inchinu* le vasche, si paga assai e si cerca di non usarla a caso. Ora dicono che non arriva prima di giovedí. È una vergogna!

– *T'arricuordi* tanti anni fa? – dice papà. – Si è vista dopo diciotto giorni! Diciotto!

– E chi se lo scorda? Un record. La mattina che arrivò, tutti a correre con i tubi di gomma. Le Olimpiadi parevano... E quando le vasche si *inchirono*, passammo ai bidoni, alle bottiglie, pure qualche secchio.

– Ma è terribile! Come avete fatto a resistere tutti quei giorni senz'acqua? – chiede mia madre.

– A piedi fino al pozzo andavamo, dall'altra parte della valle. O cosí o niente. Ma siamo ancora qui, giusto?

Zio sorride e mamma lo imita. Ma quello di zio è un sorriso amaro, di chi nella vita ha vissuto un sacco di cose, per lo piú difficili, sospetto.

– Andiamo a mangiare? – fa zio Carmine. – Capace che la tavola è già *cunzata*.

E tutti escono.

– Ah, dimenticavo... – Si riaffaccia mia madre, ha un'espressione che non so decifrare. – Divertiti in questa stanza. Noi lo abbiamo fatto...

– Non capisco, che vuoi dire?

– È qui che ti abbiamo concepito, non ricordo in quale dei due letti, ma che importa?

Non ci posso credere... Mi guardo in giro e, quando mi volto di nuovo verso la porta, lei è già sparita. La sento sghignazzare per le scale.

Le urlo dietro: – Cooosa? Che schifo!

Torno a fissare la stanza, inspiro ed espiro. Okay, ce la posso fare, in fondo chissà quante altre cose sono successe qui dentro...

Capitolo 6

Ci alziamo da tavola alle cinque del pomeriggio.

In Piemonte è tardi persino per la merenda. Noi invece abbiamo appena spazzolato una teglia di pasta al forno, un'altra di pollo con patate e pomodorini freschi, del pecorino a scaglie, una ciotola di insalata dell'orto, un melone giallo, bevande varie e per finire il caffè. A me e Paolo il caffè ce lo fanno solo annusare, siamo ancora piccoli, precisa mia madre. E appena glielo sento dire mi sale la nausea. Finisco la Coca-Cola e mi chiudo in bagno: l'unica cosa che mi viene in mente per sbollire la rabbia è sdraiarmi nella vasca.

– Luca, lí dentro sei? – sento dire dopo un po'.

Riconosco la vocina stridula di Cettina, la sorella minore di Paolo. Un concentrato di gioia ed euforia, come se tutto il caffè che non ho mai bevuto fosse finito, chissà come, nel suo corpicino di sette anni.

– Non esci piú! Quanta ne devi fare? – insiste.

Quella diavoletta riesce a strapparmi un sorriso. La rabbia ormai l'ho sbollita e, lo ammetto, aspettavo solo che qualcuno mi venisse a cercare. Speravo mia madre, giusto per continuare un po' il match tra noi, ma è venuta Cettina: me la immagino con le orecchie a sventola appoggiate alla porta!

Sento un tonfo, poi qualcosa che striscia. Dev'essersi appoggiata alla porta con la schiena, allora la apro lentamente, per

paura che batta la testa, e lei scatta in piedi. Mi saltella intorno, urlando: – È tornato Luca! È tornato Luca! È tornato Luca!
Mi prende per mano e mi trascina in cucina, dove la tavola è stata sparecchiata ed è riapparso il centrotavola con la frutta di stagione. Mi guardo intorno. I due fratelli Padalino sono appoggiati alla ringhiera del balcone, chiacchierano e, ci scommetto, si dicono anche un sacco di cose che hanno fatto da giovani, come se ripeterle potesse renderle meno lontane. Mamma e Rosalba stanno asciugando i piatti, sembrano due vecchie comari che parlano a bassa voce e ridacchiano dei mariti. In disparte mio cugino se ne sta a gambe incrociate sul divano, tutto serio, con un libro d'inglese.
– Stai studiando? – spalanco gli occhi.
Lui alza lo sguardo, senza muovere un muscolo.
– Certo! – interviene Cettina. – Paolo studia sempre. Ma sempre sempre, eh! Mamma dice che diventerà un professore.
– Dottore, ho detto, – precisa zia. – Potrebbe aiutarmi in erboristeria e in futuro rilevarla. È bravo assai.
Ha pensato a tutto, la zia, solo che Paolo non risponde... Io al suo posto avrei dato di matto in due secondi! Figuriamoci se dobbiamo già fare piani per il futuro... Siamo impazziti?
– Anche Luca è molto bravo, – attacca mia madre. Mai che perda un'occasione per vantarsi. – Nella scheda di orientamento scolastico i suoi professori hanno scritto che può scegliere qualsiasi scuola, ed è un peccato farlo andare in un istituto professionale. Quelli sono per chi non ha voglia di studiare.
Sempre pronta a elargire giudizi... Lei ha tutte le risposte, gli

altri come minimo sbagliano o non sanno decidere cosa è meglio per loro. Invece non sa niente, non di me: ho scelto il liceo classico solo perché mi piacciono i libri e, se devo studiare un sacco, voglio farlo con qualcosa che mi piace. Mentre, a giudicare dalla faccia, non sono sicuro che a Paolo piaccia granché l'idea di fare l'erborista.

– Io la ballerina voglio fare! – salta su Cettina.

Si libera delle scarpe e inizia a trotterellare attorno al tavolo sulle punte. Fa una giravolta, poi esce in balcone e lo scavalca con un balzo. Zia Rosalba le urla di rimettersi le scarpe ma Cettina è lanciata: corre e salta sull'asfalto grezzo del vicolo, fa una ruota e poi l'inchino. Io applaudo.

– *Lassala* stare, – dice zio Carmine. – Quando si farà male, imparerà la lezione. E le metteremo il carico da undici: un paio di schiaffi.

Zia Rosalba apre il frigo borbottando e comincia a fare i piani per la cena. – *Che facimmo stasira?* Scongeliamo la pecora? E con il sugo facciamo anche la pasta. Accendiamo il forno...

La zia accende il forno a pranzo e a cena. Mica perché ci siamo noi o per gli ospiti, assolutamente no, lo fa comunque: appena finisce di lavare i piatti, organizza il pasto successivo.

Sbircio Paolo, sta ancora studiando. A casa io non aspetto nemmeno di finire l'ultimo boccone, che già schizzo al computer o davanti alla TV. O fuori con gli amici, se non mi blocca il generale, cioè mia madre. Non lo capisco piú, mio cugino.

– *Bedda matri!* Che fine ha fatto la pecora?

Lo sportello del congelatore è aperto. Ci sono piselli, fave, pollo, carne macinata e pesce. Ma la pecora, a quanto pare, no, e zia Rosalba è sconvolta.

– Carmine! Non l'hai *pigghiata* la pecora?
– In *carnezzeria* era finita. Ho preso il pollo.
– Questo ieri. E tu oggi dovevi tornarci! A tuo fratello non gliela vuoi fare assaggiare la pecora? *Chissa* non la fanno al Nord.
Poco importano i commenti di mamma sul fatto che siamo appena arrivati e ci sarà tempo, zia Rosalba vuole farci la pecora per cena e io so già come andrà a finire.
– Luca, perché non vai tu in macelleria? – dice mamma.
– Io? Sono cosí pieno che posso solo stendermi sul divano. E non so nemmeno dove si trova, la macelleria!
– Lascialo riposare *u carusu*! Ci vado io lassú, – interviene Rosalba. – Tanto *nun travagghiu* piú al pomeriggio.
Mamma mi fissa col suo sguardo infuocato. – Non farai andare la zia, dopo tutta la fatica che ha fatto in cucina? Vacci con il cuginetto, vi fate un giro, prendete la carne e tornate indietro. Okay?
No, non è affatto okay. È l'ennesima costrizione. Fai questo, fai quello... E se oso dire qualcosa, apriti cielo! Solo lei può rimangiarsi la parola e scombinare i piani di tutti! Perché non ci va lei, in *carnezzeria*? Sto per dirglielo, quando vedo Paolo alzarsi dal divano, sembra un automa. Lo fa e basta.
Zia Rosalba gli dà venti euro. – Te lo ricordi come devi fare in *carnezzeria*, no? Prendi, paghi ed esci. Non ti fermare un secondo piú del necessario.
Noto che lo zio lancia un'occhiata a mio cugino. Una di quelle che dicono piú di mille parole. Che sarà mai un minuto in piú in quel posto? Sarà mica maledetto?
E allora cambio idea, acchiappo Paolo e usciamo dal retro.

– Se ci vede Cettina, fa il Diavolo a quattro, – mi dice.
– E noi non facciamoci vedere... Ehi! Quello è un motorino!
Lo vedo legato alla ringhiera del cortile, è infagottato in uno spesso telo grigio che, a giudicare dalla polvere, non viene tolto da mesi. L'ho riconosciuto subito perché da sotto il telo spuntano le ruote.
– Prendiamolo! Saremo di ritorno in un lampo!
– Non abbiamo l'età per guidarlo, – mi smonta Paolo. – È illegale. O in Piemonte avete leggi diverse?
– Stamattina ho visto una cricca di ragazzi con i motorini e sono sicurissimo che almeno due di loro hanno la nostra età.
– E allora? Cosa fanno gli altri non m'importa.
– Invece dovrebbe. Sei cosí... ubbidiente.
È ora di arrivare al punto: glielo voglio chiedere da quando l'ho rivisto. – Insomma, che ti è preso? Non eri tu quello che scappava in strada come un selvaggio? Che si lanciava in monopattino per la discesa panoramica?
– Non faccio piú cose cosí. I miei non... Io non voglio.
La lingua è piú sciolta del cervello e mio cugino si è appena lasciato scappare un indizio. Forse ho capito qual è il problema, avrei dovuto immaginarlo che era per colpa dei suoi.
– Per quanto tempo ti hanno messo in punizione?
– Non sono in punizione! – si scalda Paolo. La voce gli si accende, poi torna bassa e controllata. – Credi di poter venire qui una volta all'anno e sapere tutto di tutti?
– Non di tutti. Solo di mio cugino, – ribatto. – Per esempio, so cosa stai pensando in questo momento.
– Ah, sí? E cosa sto pensando?
Stringo le palpebre e muovo le dita come un illusionista.

Fingo di rovistare nel suo cervello per una manciata di secondi e gli colpisco il fianco con un pugno leggero, niente di che, ovvio. Ce ne diamo un sacco, io e Andrea. O meglio, ce ne davamo.

– Perché lo hai fatto? – dice Paolo con voce strozzata.

– Stavi pensando una parolaccia. E lo stai facendo anche adesso.

Faccio due passi, mi fermo accanto al motorino e scuoto un po' il telo. – Dovremmo dargli una pulita prima di usarlo.

E mi allontano, lasciando Paolo sbalordito. Forse sono stato duro, ma il ragazzo ha bisogno di uno scossone.

E sono sicuro che mi nasconde qualcosa.

Capitolo 7

Camminiamo tutti e due in silenzio.
Mio cugino ha ragione a essere arrabbiato, ho esagerato poco fa.
Comunque lui mi sta dietro di alcuni passi, come se fossi io a guidare la spedizione. A quanto pare imbocco la via giusta, perché vedo il campanile della chiesa di San Giacomo stagliarsi sopra i tetti sgarrupati, le cisterne e le parabole satellitari. I pochi edifici popolati brulicano di vita: da una finestra al secondo piano arriva a tutto volume la sigla di un telegiornale, si sentono vociare piú persone di quante se ne vedono e un bimbo si aggrappa alla retina verde che avvolge il balcone, lanciando i suoi giocattoli di gomma. Adocchio una signora che stende i panni al primo piano, serra l'ultima molletta verde e tira con le mani il filo che si muove su un binario spostando i panni gocciolanti al centro della strada, proprio sopra le nostre teste.
La guardo in cagnesco ma lei rientra in casa come se niente fosse. E lascia pure la porta aperta! Allargo le braccia in direzione di Paolo e intravedo una sagoma nascondersi dietro l'angolo.
– Credo di aver visto qualcosa, – sussurro a denti stretti.
Paolo annuisce, ha l'espressione di un investigatore privato che ha già scoperto l'assassino. Punta lo sguardo su un vicolo

con tanto d'arco in pietra e alza la voce: – Cettina, lo sappiamo che sei lí. Esci subito!
Nessuna risposta. Solo il rumore dei clacson in lontananza.
– Te la sei cercata... – Tira fuori uno smartphone dalla tasca dei pantaloni e se lo porta all'orecchio. – Vediamo papà che dice... Magari viene a prenderti di persona.
– Aaah! – strilla una vocina. Poi un colpo sordo, il suono delle infradito e di una serie di passi veloci sull'asfalto. Cettina è fuggita verso casa.
Paolo vede la mia espressione stupita e spiega: – Basta metterle paura. Lo stratagemma della telefonata funziona sempre.
Ma non è Cettina che mi ha stupito.
– Tu... hai un telefono!
– Perché? Tu, no?
Scuoto la testa con rabbia.
– Sí, be'... è un vecchio modello.
Se lo rimette in tasca e mi precede lungo la via. La naturalezza della sua risposta mi manda in bestia. In realtà lo so che è normale averne uno, sono io quello strambo con la madre possessiva che a malapena gli fa usare i social network sul computer, in soggiorno davanti a tutti. Manco volessi scaricarle la carta di credito su Amazon...
In fondo alla via che abbiamo imboccato si apre la piazza con la chiesa che ho intravisto prima.
– Questa è la chiesa di San Giacomo? – mi viene in mente perché una volta mio padre mi raccontò di averci fatto il chierichetto.
– Sí, la chiesa del patrono. Ma i paesani sono piú devoti a san Calogero eremita. Il santo nero.

Mi ricordo anche quello. Come si fa a dimenticare un santo con la pelle nera? Stiamo giusto sfilando accanto a una nicchia che contiene la sua immagine scolpita... anche se ce ne sono in tutto il paese, è impossibile non notarle.
– Tra pochi giorni ci sarà la grande festa in suo onore. Con tanto di processione, bancarelle e pane benedetto. In piazza hanno già montato il palco per la musica dal vivo.
Aguzzo lo sguardo su una struttura di tubi metallici e tavole di legno proprio accanto alla chiesa di San Giacomo. Mentre gli cammino incontro mi accorgo anche di una fila di vecchiette sul ciglio della strada, sono tutte vestite a lutto: calze nere, scarpe nere, gonna nera. Qualcuna ha persino il velo, ovviamente nero. Sono sedute a braccia incrociate su fragili sedie con la seduta di paglia. E mi fissano.
– Che stai facendo? – mi sussurra Paolo, concitato. – Non fissarle! E soprattutto non salutar...
Troppo tardi. – Buongiorno, – dico col tono piú educato che mi esce.
Figurati che succede a salutare un paio di innocue vecchiette! La piú vicina scioglie le braccia e mi osserva.
– *Di cu' sí figghiu, tu?* – Accompagna la domanda con il tipico gesto siciliano del mento sollevato che, a seconda della situazione, significa cose diverse, e a volte può essere anche una minaccia... me l'ha detto papà.
E adesso? Io non la conosco, quella. Perché vuole sapere di mio padre?
– Sono il figlio di Calogero.
Con la coda dell'occhio vedo Paolo scuotere la testa.
– *Sapiddru* quale! – ridacchia quella. – Calogero *u Babbaluciaru*?

– Ehm... Calogero Padalino.
– Eh, ce n'è tanti... *La so' ngiuria la canusci?*
Paolo interviene con un colpo di tosse. – Mio cugino è *forestiero*. Non conosce i soprannomi di nessuno. Suo padre è il cognato di Rosalba Padalino, la dottoressa.
– Tua madre! – esclama la vecchia, e si batte una mano sulla coscia. – Ma suo cognato non è Totò Marinisi?
– Quello di Porto Empedocle è un altro zio. Suo padre è emigrato in Piemonte tanti anni fa. A Torino.
A questo punto dalla bocca della vecchia saltano fuori interminabili lamentele sul paese e Paolo fa del suo meglio per tradurmi tutto dal dialetto. Secondo lei Petramonica è cambiata, in peggio, e io rimango proprio stupito. Il paese ha visto giorni migliori? Davvero? La signora dice che molte famiglie sono emigrate e i giovani se ne sono andati in cerca di lavoro perché qui non ce n'è e la gente si deve sempre arrangiare.
Non è giusto: gli altri se ne vanno, io arrivo. Incredibile!
E la compagnia dei cugini non mi solleva granché il morale, lo ammetto. Paolo è diventato un secchione tutto casa, compiti e negozio, e Cettina è troppo piccola e poi, be', è una ragazza...
La vecchietta continua a parlare, parlare, parlare. Vorrei tapparle la bocca. Paolo, invece, risponde educato. Invidio la sua calma, io sto facendo scena muta e già non ne posso piú. Che gliene viene in tasca a quella di sapere la nostra parentela? Cos'è, la vigilante del quartiere?
Ma non è finita: appena captano il discorso, altre vecchie si avvicinano e chiamano a raccolta quelle piú lontane, mezze

sorde. La situazione precipita: finisco sommerso da domande sulla mia famiglia, sul Piemonte, sullo stato di salute di Totò Marinisi, sull'erboristeria che non apre piú al pomeriggio, su quanto tempo è passato dall'ultima volta che siamo scesi in paese e, naturalmente, sul fatto che sembro *magrito* e non mangio abbastanza.

Parlano cosí tanto che mi gira la testa, e lo fanno in un dialetto cosí stretto che capisco appena gli articoli determinativi. Quindi sorrido tantissimo, ma vorrei mettermi a urlare perché stiamo perdendo un sacco di tempo. E addio giro in paese senza adulti al seguito.

Don! Don! Don!

Appena sento i rintocchi della campana di San Giacomo, prendo a braccetto mio cugino e lo trascino via: – È tardi! Arrivederci!

Lui subito mi ammonisce: – Non lo fare mai piú.

– Giuro, – rispondo solennemente. – Ehi, grazie per avermi aiutato con il dialetto.

Dobbiamo sbrigarci, prima che la macelleria chiuda.

Al paese i negozi aprono tardi e chiudono presto anche perché ci sono gli ambulanti, che passano casa per casa con ogni genere di mercanzia: pane, verdura, frutta, pesce e gelati. Ce n'è giusto uno parcheggiato in fondo alla piazza su un'Ape stracarica di frutta e verdura. Dal doppio megafono sul tettuccio esce una cantilena incomprensibile: – *Araaanciii! Milunaaa! Petrosinuuu... a quattru mazzi! A quattru mazzi!*

– Eccoci, – dice Paolo indicando una vetrina attraversata da una scritta rossa, con tanto di nome e numero di telefono. *CARNEZZERIA di Bastiano Modica*. L'insegna sopra la ve-

trina è rotta, si vedono uscire i fili elettrici. A me sembra proprio un postaccio.
Appena entriamo, il campanello sopra la porta trilla e mi trovo davanti un ragazzo. Sgrano gli occhi: è quello dello scooter!
– Che carne *vúliti*? – mi domanda aggrottando le sopracciglia spesse. Per un momento nei suoi occhi brilla una luce beffarda.
È l'occasione che aspettavo: potrei presentarmi e chiedere il suo nome... Insomma, provare a fare amicizia. E invece che faccio? Scena muta. Tanto che lui si stufa di aspettare e si rivolge a Paolo.
– *Ma cu è chistu sturduto?*
Bel modo di presentarsi! Meno male che Paolo ci mette una pezza.
– È mio cugino Luca, – dice guardandomi strano. – Mario, ce l'hai *du chila di pecura*? Siamo passati ieri e tuo padre ci ha detto che la stavate *cunzando*. *Macari* è pronta...
– Tornate domani, – dice Mario, senza smettere di fissarmi. È sicuro, spavaldo. Incrocia le braccia al petto come se fosse il padrone. Forse mi ha riconosciuto. Come minimo sta pensando che sono un idiota.
– Sicuro? Ma non c'è tuo padre? – insiste Paolo.
Ora o mai piú. – Sei stato grande, stamattina, – dico a Mario.
– Sempre lo sono. Di' a tuo padre di darsi una svegliata e smettere di guidare come *'na fimmina*!
Ridacchio insieme a lui, anche se ha appena insultato mio padre. Voglio dire, la battuta era bella... ma Paolo non sembra pensarla allo stesso modo, perché la sua faccia è diventata scura. È nervoso, sta persino tamburellando le dita sulla coscia.

Finalmente, dal retro del negozio, spunta Bastiano Modica. Ci sorride pulendosi le mani in uno straccio sporco di sangue, che neanche nei migliori film horror. Io deglutisco. Bastiano è un corpulento siciliano coi baffi e le sopracciglia unite sopra il naso, ha i capelli tirati all'indietro cosí bagnati che gli sgocciolano sulla camicia aperta.
– *Picciò, che vúliti?* – domanda senza salutare.
Mario si fa da parte e resta in silenzio, rispettoso.
Paolo ripete l'ordine come se fosse appena entrato. Indica un cartoncino appiccicato al banco frigo con il prezzo della carne di pecora. Solo adesso mi rendo conto che, oltre ai cartoncini colorati, il banco è vuoto. Ma che razza di macelleria è? Dove la tengono la carne?
Vedendo la mia espressione l'uomo si scusa, sforzandosi di parlare in italiano: – Nemmeno la vetrina ho fatto, dovete scusarmi, ma sapete com'è... sono appena uscito di prigione e devo riprendere il giro. La buonanima di mia moglie se n'è andata cinque anni fa e devo pensare a tutto io. Fortuna che c'è Mario, è un *picciotto* in gamba. Lo conoscete già?
Non riesco a spiccicare parola. È la prima volta che incontro uno che in prigione ci è stato veramente. E non è come pensavo. Al telegiornale sembrano tutti dei poco di buono, con delle facce che me li immagino subito in galera. Ma piú guardo Bastiano Modica, piú mi sembra una persona normale, anche gentile, ha persino evitato di usare il dialetto perché è chiaro che non lo capisco.
– Vado a prendere la pecora. Due chili, vero? – chiede. Poi spintona il figlio nel retrobottega. – Vieni a darmi una mano, tu.

Prima di scomparire oltre la tenda, si getta lo straccio sulla spalla e un grumo di carne appena macinata schizza sul vetro del banco frigo. Rimango a guardarlo finché si stacca e cade sul fondo di alluminio. Paolo fa una smorfia ed esce.
Sapete com'è... sono appena uscito di prigione.
Lo ha detto come se fosse una cosa normale. Tanto quanto è normale per una macelleria non avere carne in vetrina.

Capitolo 8

Ormai è un giorno e mezzo che non mi collego a Facebook. E sono sopravvissuto. Decido che restare lontano da post, foto e commenti è un'ottima soluzione: non si può stare male per qualcosa che non si conosce, giusto? E anche la passeggiata con Paolo, tra vecchiette sanguisughe ed ex carcerati, non è stata malaccio.
Ma poi andiamo a trovare nonna Pina e la rabbia mi torna.
– Come ti senti? – le chiede papà dopo i saluti.
– *Nzumma*... – risponde nonna, dopo averci pensato per un momento che a me sembra interminabile. – *Metà-metà*.
La sua faccia rugosa è indecifrabile come una maschera tribale. Se ne sta seduta con le mani in grembo, ha i capelli bianchi raccolti in una crocchia scomposta. La guardo e penso che può avere trecento o quattrocento anni, invece sono novantadue. Il suo compleanno è a fine agosto, il giorno non me lo ricordo mai. Di una cosa però sono sicuro: alla sua festa, ammesso che la si possa chiamare cosí, ci saremo anche noi, ci scommetto.
Noto che zio Carmine si aggira per la stanza guardando le vecchie foto disposte sulla credenza, poi raggiunge il tavolo dei lumini commemorativi, che mandano bagliori a un grappolo di foto in bianco e nero. L'unica a colori ritrae un ragazzo con un sorriso contagioso, in pantaloni di tela argento e una

camicia vaporosa ma, appena lo zio la vede, si gira di scatto come se avesse visto un fantasma. Mi sforzo di ricordare se conoscevo quel ragazzo, in realtà la sagoma mi sembra familiare, ma di parenti ce ne sono tanti in una famiglia grande e complicata come la nostra...

Non faccio in tempo a pensarci per bene che la nonna mi artiglia per il mento, ha la pelle delle dita spessa come il cartone, e una presa ferrea nonostante l'età avanzata. – *E chissu picciotto, cu è?*

Non apro bocca, un po' per il suo alito pesante, un po' perché non so proprio cosa dire. Ci siamo già salutati entrando, no? Mi ha anche baciato sulle guance... È uno scherzo?

Papà le mette un braccio attorno alle spalle. – Come *cu è*, ma'... *tò* nipote Luca. Il figlio mio e di Sara, – le spiega, gettando un'occhiata malinconica a mamma.

– *Figghiu* tuo? M'era parso *u' figghiu* di Franco Balena, – risponde con voce roca. – Ma *chissu picciotto nun' è du paisi*.

– È nato a Torino, in Piemonte. *T'arricuordi*, adesso?

Eppure nonna Pina scuote la testa. La calma con cui papà le ripete per la seconda e la terza volta che sono suo nipote è commovente, lo ammetto. E io lo so, lo capisco che è un momento triste, eppure il pensiero che mia nonna non si ricordi di me mi manda il cervello in ebollizione perché non posso ignorare che siamo scesi apposta per lei. I miei genitori hanno perfino infranto una promessa per permetterle di vedermi... E lei non mi riconosce? Tra l'altro la malattia deve averle cancellato solo le memorie piú recenti, perché di papà e mamma si ricorda, non di me però. *Me.*

Mi divincolo dalle sue mani fredde. Piú ascolto la voce calma e paziente di mio padre, piú mi sento pulsare le tempie, e sudo. Mi dispiace per nonna Pina, non sono del tutto insensibile, ma non riesco a togliermi dalla testa che è tutto inutile, e assurdo. Poi se va bene la vedo una volta all'anno, la conosco poco... Insomma, non è che le salto al collo appena la incontro, ecco.

Mamma nota la mia faccia livida e mi appoggia una mano sulla coscia, quando sono nervoso la muovo senza accorgermene. Mi sussurra: – Mi dispiace, bambino mio. Come ti senti?

Ma che domanda è? Mi sento come uno che è stato truffato, uno a cui hanno tolto il primo premio. Uno a cui hanno detto che non si poteva fare a meno di scendere in Sicilia, ma non era vero.

Mi alzo di scatto, mamma cerca di fermarmi, ma io sono piú veloce e, mentre esco dalla porta, sento nonna Pina domandare: – *Unne va u' figghiu* di Franco Balena?

Trovo zio Carmine appoggiato al pianerottolo di una rampa di gradini.

– Arrabbiato sei? – mi dice.

– Non... sai... quanto, – ansimo.

– Quando succede a me, sai che faccio?

– Che fai?

– Alzo i tacchi e me ne vado.

– Se lo faccio io, finisco in punizione.

– Non se accompagni me a fare le commissioni. Guarda caso ho bisogno di un aiutante, e tu hai bisogno di pensare ad altro –. Mi stringe la mano. – Affare fatto?

Ci penso un attimo, non sono sicuro di potermi fidare di lui, gli adulti della mia famiglia non sono stati molto affidabili di recente... ci deve essere la fregatura, da qualche parte. Ma l'alternativa è insopportabile: restare a rodermi il fegato con mia madre che fa la chioccia gentile e premurosa. Assolutamente no.

Cosí inizio a girare in lungo e in largo per il paese accompagnando mio zio dappertutto. Cominciamo dal benzinaio perché la sua macchina ha bisogno di una bella lavata, poi andiamo al palazzo del comune e scopro che una volta era la scuola elementare! Allora immagino i bambini che correvano in corridoio per la ricreazione... ora però gli uffici hanno preso il posto delle aule e non ci sono piú banchi ma scrivanie con montagne di fascicoli e incartamenti.

Siamo stati anche in quasi tutte le panetterie di Petramonica, giuro! Mio zio dice che a Santa Rita, il quartiere alto, fanno il pane migliore, cosí per gli ospiti lo prende lí, ma se serve solo per fare colazione allora basta quello di via Roma. Già, perché al paese il pane siciliano, in pratica, lo affondano nella tazza stracolma di latte. Viene fuori un pastrocchio che io non mangerei mai e invece qui ne vanno ghiotti ma, va detto, qui vanno ghiotti di un sacco di cose. E del mangiare c'è una vera e propria cultura.

Per esempio, zio Carmine sa che a me non piace il pane col latte, cosí mi porta al bar Eraclea, che è anche una gelateria, e mi fa riempire una brioche di gelato al pistacchio.

– Mica puoi venire in Sicilia senza assaggiare il pistacchio! – mi dice.

E ha ragione. Il punto è che lo dice di ogni cosa.

– Mica puoi venire in Sicilia senza assaggiare i cannoli!

– Mica puoi venire in Sicilia senza assaggiare la granita al limone!
– Mica puoi venire in Sicilia senza assaggiare la pasta di mandorle!
Cosí vado di qua e di là, vedo un sacco di posti, assaggio tutto ciò che mi capita a tiro ed evito mia madre come le spine di un fico d'India. La fortuna è che zio Carmine ha un sacco di tempo libero. È andato in pensione presto, perché ha lavorato a lungo nelle miniere di zolfo. Anni fa ce n'erano tre nei dintorni del paese, ora invece sono tutte chiuse. Secondo mio zio, a lavorare lí i polmoni si riempivano di schifezze e anche i suoi hanno patito, ma non sono messi tanto male. A certa gente è andata molto peggio, mi ha spiegato. Ora aiuta in casa e svolge le commissioni per l'erboristeria, è il re dei «tuttofare». E io con lui, in questo periodo. Ma dopo il primo giorno mi sono divertito sempre meno. Petramonica è un paese piccolo, le commissioni hanno cominciato a ripetersi, e stare in erboristeria con zia Rosalba è diventato una noia mortale. Per non parlare dei periodici giri dai parenti, impossibili da evitare.

La vacanza forzata inizia a starmi di nuovo troppo stretta, allora decido di tornare alla carica con mio cugino Paolo.
Lo costringo a uscire nelle prime ore del pomeriggio. – Tuo padre mi ha detto che c'è un'edicola in paese. Mi ci porti tu?
Ignoro le sue proteste sul caldo infernale. – Cosí smetti di studiare ed esci, per una volta. Che ne so, ti prendi un gelato o mi fai conoscere i tuoi amici...
– I miei amici? – ripete lui.

– Ne avrai pur qualcuno... Che sei, un eremita?
Non ottengo risposta. Paolo mi segue trascinando i piedi e insieme percorriamo la via centrale, via Roma. Ci si deve passare piú o meno per andare ovunque, ma di pomeriggio è semi-deserta e resta cosí finché non cala il caldo. È un po' come camminare fra le dune, saliamo e scendiamo, con il vento in faccia.
Arriviamo in piazza e Paolo si abbandona su una panchina indicandomi il negozio di Damiano, il giornalaio. Il sole spande riflessi sulla superficie liscia del lastricato bianco, mentre la lanugine delle palme è smossa dalla brezza leggera. Il posto ideale per leggere un fumetto, se non fosse un forno a cielo aperto.
Spingo con decisione il maniglione ossidato e mi ritrovo davanti la piú bella ragazza che abbia mai visto: sta uscendo senza guardare dove cammina... Potrei scontrarmi con una cascata di ricci corvini impreziositi da degli orecchini a mezzaluna, due occhi nocciola, dal taglio allungato, mi guarderebbero pieni di sorpresa e io, posando lo sguardo sulle pieghe vaporose della gonna sopra il ginocchio, mi scuserei e le chiederei se si è spaventata. Allora lei arrossirebbe... Tutto questo rimane solo una mia fantasia. Sono cintura nera di fantasia, non l'avevo detto? Nella realtà, la ragazza caccia un urlo da amazzone e mi manda a quel paese.
– *Ma si babbu? Mi facisti scantari!*
Dal fondo del negozio emerge una voce. – Lucia, tutto a posto?
– Sí, sí... Arrivederci, Damiano.
Le cade qualcosa, cosí mi affretto a raccoglierlo, ma mi blocco non appena capisco di cosa si tratta: una confezione

di slip da donna. Arrossisco. Lucia mi strappa di mano il pacchetto: – Queste sono mie!
Alza il mento e si allontana. Mi giro a guardarla camminare. Distolgo lo sguardo solo quando sparisce dietro la curva e noto che quel cretino di mio cugino sta ridendo, di me ovviamente. Lo ignoro, poi leggo la scritta sulla porta d'ingresso: *Giornali e Intimo*. Alzo gli occhi al cielo: un giornalaio che vende slip e collant... mi mancava. Entro ma torno fuori in un lampo: a Petramonica non arriva «Topolino», cosí mi dice Damiano, e io mi ritrovo con la faccia rossa e un misto di rabbia e vergogna che non riesco a definire.
– Dimenticati di Lucia, – se ne esce Paolo, vedendo l'espressione sognante sulla mia faccia. – È troppo bella. Poi, con gli slip, hai saltato tutte le tappe del corteggiamento.
– E tu che ne sai? – sbotto. – Zitto e cammina!
Attraverso la piazza senza una direzione precisa.
Paolo mi trotterella dietro con un ghigno beffardo e io mi infilo in una via secondaria per affrontarlo: voglio proprio dirgliene quattro.
– Non ti azzardare a prendermi in giro! Proprio tu che hai un cellulare, al contrario di me, e lo usi solo per chiamare i tuoi genitori... Non ti ho mai visto mandare un messaggio a qualche amico. Ma ce li hai, poi, degli amici? Sei sempre chiuso in casa, se proprio ti va bene vai in campagna con zio Carmine... Allora? Ce li hai degli amici, o no?
– Non sono fatti tuoi, – si rabbuia lui.
– Lo sono diventati nel momento in cui ti sei messo in mezzo tra me e Lucia.
– Guarda che non c'è nessun «te e Lucia».

– Ma potrebbe esserci. Anzi, sai che ti dico? Ci sarà, eccome! Scommettiamo? – lo sfido.
– Scommettere non mi piace. E, soprattutto, non si scommette sulle ragazze. Non sono dei premi.
– Sei peggio di un chierichetto, – rispondo, sfoggiando un'espressione disgustata. – Ma non vuoi mai fare qualcosa di testa tua? Certo che no, devi chiedere il permesso ai tuoi... Ti controllano anche da casa? Magari ti muovono con il GPS del telefono, direttamente dal divano...
– Smettila, – dice con un filo di voce.
Sono talmente arrabbiato che non faccio caso a dove stiamo andando. Camminando alla cieca, sbuco sulla strada panoramica del paese che collega in linea retta la parte alta a quella bassa. Da un lato ho una muraglia scomposta di case, vecchie e nuove. Dall'altro il panorama mozzafiato della conca illuminata dal sole. Ma non sono dell'umore giusto per apprezzarlo.
– Perché non stai mai con i ragazzi della piazza? Ho visto quel tipo, Mario, impennare con lo scooter, una forza della natura... – continuo senza pietà. – Tu invece lo scooter non l'hai mai acceso, da non credere, se ce l'avessi io... Una volta abbiamo fatto partire il motorino del nonno di un mio amico, era un Califfone piú vecchio della regina d'Inghilterra ma ce la siamo spassata.
Paolo non ribatte, non risponde, non spiega. Ascolta e basta. Se all'inizio ero arrabbiato per la figuraccia con Lucia, ora sono pieno di frustrazione e mi sento male per lui al pensiero di come perda il suo tempo. Anche a me piacciono i libri, ma li leggo quando non sono con gli amici e, se proprio mio

cugino non ne ha, non capisco perché non si dia una svegliata per conoscerne qualcuno...

Mentre gli faccio la predica, finiamo ai bordi di un campetto da calcio polveroso, chiuso fra due muri di cemento diroccati. Tre piante di melograno allungano i rami in direzione di una delle porte, se cosí si possono chiamare quattro zaini buttati a terra. Un gruppo di ragazzi è radunato in cerchio. Stanno facendo le squadre.

– A proposito di spassarsela, – tiro per un braccio Paolo e lo costringo a guardare. – Li conosci quelli? Dài, è la volta buona... perché non chiediamo se ci fanno giocare?

Paolo guarda il campetto e sta per rispondere quando riconosco uno del gruppo. – Ehi, c'è Mario!

Nello stesso istante, proprio lui urla una parolaccia.

– *Iatevinne* a casa! Tornate da vostra *matri* e attaccatevi alle *so' minne!* – Un paio di ragazzi si allontanano a testa bassa, e Mario si rivolge agli altri. – Qualcun altro se ne vuole andare? Perché qua non siamo all'asilo e io non sono *u babbisittir*!

– Si dice baby sitter, – lo corregge Paolo a bassa voce.

Sto per ricominciare con la predica a mio cugino, mister perfezione, quando Mario ci fa segno di scendere nel campetto, un paio di metri sotto il livello della strada. – Voi due, lassú. Due giocatori ci servono!

– Non ascoltarlo. Andiamo a casa... – tenta di dirmi Paolo.

Ma io sto già scivolando sulla sponda sassosa.

Capitolo 9

La partita è stata un successo, ho perfino segnato il goal decisivo con una veronica alla Zinédine Zidane! Piede d'appoggio ben piantato, rotazione del corpo e dribbling dell'avversario. Il resto è storia.
Non era la finale di Champions League, ovvio, abbiamo corso in un campo di patate, perché definirlo «da calcio» sarebbe un insulto, e il punteggio lo segnavamo sul muro con un gessetto: per ogni goal una stanghetta. Ma la mia squadra, con Mario Modica come seconda punta, ha sbaragliato gli avversari.
Va detto che Paolo in porta è stato un disastro e ora i suoi compagni di squadra non stanno prendendo bene la sconfitta: urlano frasi in dialetto e si lamentano con mio cugino. Dovevano solo scegliere me, invece di storcere il naso appena hanno sentito il mio accento...
Mario è entusiasta della mia prestazione. Il volto sudato, striato di polvere, è un misto di eccitazione e interesse. – Sei meglio di Balotelli. Perché non me lo dicevi subito che eri un campione?
– Mi avresti creduto? – ribatto.
– Sa il fatto suo, il torinese. Eh? – si rivolge agli altri.
Tutti sorridono e si uniscono ai complimenti, cosí, per un attimo, sono sul tetto del mondo, in un paese sperduto, con

dei perfetti sconosciuti che mi guardano meravigliati. Un'accozzaglia di giovani in pantaloncini, jeans e magliette sudicie affamati di gloria, dentro e fuori dal campo. Leggo l'invidia nei loro occhi. Vorrebbero che Mario, il leader del gruppo, si complimentasse con loro e non con me, che sono appena arrivato da fuori. Ma ci sono io al centro dell'attenzione stavolta, e ho intenzione di restarci.

– Luca, che ci fai a Petramonica? – domanda Mario.

Tutto a un tratto è interessato a conoscermi.

Gli altri si avvicinano per sentire meglio, solo mio cugino resta in disparte: si mette a disegnare con un bastoncino sul terriccio rossastro. Non ho mai avuto tanti spettatori, forse dovrei sentirmi imbarazzato, invece parlo a ruota libera. Racconto della mia famiglia, della promessa di andare al mare e tutto il resto.

– E ora voglio spassarmela piú che posso, – sollevo il pugno con decisione. – Ditemelo, se fate altre partite!

Nel silenzio generale, Mario se ne esce con un applauso. E giú tutti gli altri, come se avessi fatto un discorso alle elezioni. L'unico che non reagisce è Paolo, fissa lo smartphone e scommetto che non ha ascoltato una parola. Potrebbe almeno fare un sorriso! In fondo, ho giocato per lui, per fargli conoscere dei nuovi amici... non è colpa mia se gioca come un brocco.

Mario si alza e mi assesta una pacca sulla schiena.

– Se passi dal bar, ti offro da bere.

Guardo Paolo, indeciso su cosa rispondere. Mario se ne accorge e aggiunge: – Può venire anche tuo cugino Piero.

– Si chiama Paolo, – ridacchio.

– È uguale. Venite o no?

Gli altri ragazzi cominciano a vociare, sgomitano per parlare con Mario e chiedono il permesso di aggiungersi. Sono entusiasta e raggiungo mio cugino. – Hai sentito? Andiamo al bar!
Be' sono su di giri, è vero, non sono mai stato in un bar da solo e nessuno mi ha mai offerto da bere, mai. Lo fanno i grandi, per esempio quando escono dal lavoro e si incontrano con gli amici. E io non vedo l'ora di fare cose da grandi. Perché non sono piú la «gioia di mamma», il suo «bambino». Sono cresciuto.
– Dobbiamo andarci, Paolo! Mi senti?
– Forte e chiaro, – mi dice lui. – Ma ho appena ricevuto un messaggio da mia madre. Chiede per che ora torniamo e...
– Di non fare tardi, – concludo al posto suo. – Classico. Senti, dille che andiamo con i nostri nuovi amici al bar.
– Cosí mi chiederà chi sono questi *nuovi* amici. No, grazie.
– Perché? Cos'hanno che non va?
– Non mi piacciono. Preferisco tornare a casa.
– Ma se non li conosci!
– E tu, invece, sí?
– È proprio questo il punto. Voglio conoscerli! E dovresti volerlo anche tu, che in paese ci devi stare tutto l'anno. Io fra meno di un mese me ne torno in Piemonte, e tanti saluti.
– Allora che fate? Venite? – ci sollecita Mario, poi sorride malizioso e sporge le labbra come se dovesse baciare l'aria. – O voi due piccioncini preferite restare per farvi le cose sconce?
Esplode un coro di risate, qualcuno si mette ad ancheggiare e lo imita, mimando un bacio nella nostra direzione. O peggio. Paolo apre bocca per rispondere, ma il telefono si mette

a squillare una vecchia sigla dei cartoni. E il coro di burle ricomincia.

– È mia madre, – mi dice Paolo. – Se mi avessi fatto rispondere al messaggio, non si sarebbe attaccata al telefono...

Perdo la pazienza. – Senti, fai come vuoi. Io vado.

E lo mollo lí. Questa cosa del fiato sul collo proprio non la sopporto, mi fa imbestialire. Non ci sto che zia Rosalba ci tampini con i suoi messaggi appena mettiamo il naso fuori casa.

– Pronto ma'? Sí, no... il telefono non l'avevo sentito, – gli sento dire mentre me lo lascio alle spalle.

Raggiungo il gruppo e chiedo dove stiamo andando.

– Al bar Cannizzaro, ovvio.

Annuisco, è la prima volta che lo sento nominare ma non voglio essere da meno. Non voglio diventare come mio cugino, che non si è fermato nemmeno a salutare e ha preferito rispondere alla mamma.

Mi accodo al gruppo a piedi quando Mario mi indica la sella del suo scooter. – Sali. Ti ci porto io.

Esito solo un istante, quel tanto che basta per essere sicuro di aver sentito bene, poi salgo dietro di lui. Sono senza casco ma non glielo faccio notare, tanto nemmeno lui ce l'ha. E non vorrei mai che cambiasse idea, perché non ha offerto un passaggio a tutti, solo a me e non è poco. Mi sistemo sul sedile, impacciato.

– Se mi abbracci ti scarico subito, – dice Mario, poi si mette a ridere: – Tieniti forte.

E, senza darmene il tempo, scatta in discesa. In pochi metri lo scooter si trasforma in un proiettile: il ronzio acuto del mo-

tore mi riempie le orecchie, il vento mi scompiglia i capelli e mi fa subito lacrimare gli occhi.
Mario guida come un matto, sono piú le volte che accelera di quelle che frena. Certo, andare in motorino sulle strade del paese non è per niente semplice: sono mezze fracassate, piene di crepe, salti, inciampi, radici sollevate e buche; ma lui sembra conoscerle a memoria. Affronta le curve senza paura, slittando sull'asfalto reso sdrucciolevole dal solleone. E al nostro passaggio le persone si scansano spaventate. La sensazione di velocità è inebriante, anche se sto stringendo i fianchi di Mario con piú forza del previsto... Il benzinaio ci vede sfrecciare a tutta velocità e fa un mezzo sorriso. Cespugli di ginestre, oleandri e piante grasse dalle foglie spesse e succulente ci sfilano accanto, finché ci fermiamo cosí repentinamente che per poco non mi ingoio la lingua.
– Scendi, – dice Mario, soffermandosi a guardare il colorito della mia faccia. – Ce la fai a reggerti in piedi?
Ondeggio un po', lo ammetto, ma resisto, non gliela do la soddisfazione di farsi un'altra risata alle mie spalle. Mario mi precede e raggiunge alcuni ragazzi appollaiati sugli scalini del bar, per metà in ombra, per metà illuminati dal sole rovente. Lo raggiungo in tempo per sentirgli raccontare le mie prodezze calcistiche e gli altri mi guardano come se fossi sceso da Marte e non dal Piemonte.
C'è un gran casino, ma nessuno osa mai scherzare con Mario. Si prendono in giro fra di loro, questo sí. Fanno battute e se la contano, ma nei suoi confronti sempre il massimo rispetto. Li tiene in pugno come un vero leader e io non posso fare a meno di ammirarlo. Quanto vorrei avere la metà del suo carisma...

All'improvviso mi mette un braccio attorno al collo. – Oh, ve lo dico una volta e non lo ripeto piú. Luca è amico mio, pure se è un «crucco» di Torino. Ci *capimmo*?
– «Crucco» si usa con i tedeschi, – gli faccio notare, mentre gli altri annuiscono seri. – Casomai «polentone». Diciamo cosí dalle mie parti... ma tanto io non sono né carne né pesce. Di regioni e dialetti non ne capisco niente.
– Te le *imparo* io, le tradizioni del paese, – dice Mario. – Ti ci vuole un paesano con le palle. Appresso a tuo cugino niente impari.
L'accenno a Paolo è un colpo basso, me ne accorgo subito, ma non ho il coraggio di difenderlo davanti a tutti. Anche se so che avrei potuto dargli il tempo di rispondere al telefono, bastava aspettare un minuto in piú. Ma non trovo giusto che mi faccia sentire in colpa atteggiandosi a santarellino, tutto casa ed erboristeria...
– Non ti annoi se giri in paese con me, – continua a vantarsi Mario. Mi parla nell'orecchio, a voce alta, spostando talvolta lo sguardo sul suo personale pubblico. – L'hai visto lo scooter? Mica te le puoi permettere, da solo, cose cosí. Ma io ci so fare.
Lo osservo: è uno spaccone, ma è simpatico. Sí, mi piace.
– Stai attento che lo faccio, – gli dico. – Ti sto attaccato giorno e notte. Te l'ho detto che preferisco stare fuori di casa.
– Magari mi dài una mano con qualche commissione, nei prossimi giorni. Perché di questi *sturduti* ne ho piene le palle.
E gli *sturduti* ridono a crepapelle anche se li ha appena insultati. Non capisco, anch'io mi diverto a mandare a quel paese i miei amici, e loro ovviamente ricambiano. È normale.

Ma c'è qualcosa nel suo tono di voce che non riesco ad afferrare. Forse è il dialetto che mi confonde, e poi Mario è il mio primo amico di Petramonica. E degli amici ci si fida ciecamente, no?

Entriamo nel bar Cannizzaro, il prototipo di bar dello sport che si vede in un sacco di film: c'è il bancone in finta radica e i tavolini coperti con tovaglie verdi, la vetrina dei «Gratta e Vinci» e i monitor delle scommesse. Nella saletta ad angolo intravedo una fila di video poker e qualcuno impreca ad alta voce.

Mario lancia un'occhiata al barista. – Vituzzo! Che ce lo porti qualcosa da bere? Abbiamo l'arsura...

L'uomo sulla cinquantina si china a prendere due bottiglie ghiacciate e le stappa sotto i nostri occhi. Ha una cicatrice sulla tempia, attorno alla quale i capelli non crescono come dovrebbero. – Due olive le volete? – aggiunge.

– *Cca' fare cu' du olive*! – risponde Mario. – Ah, Vituzzo... Da questo *picciotto* non accettare soldi. Offro io.

– Sarà fatto –. È di poche parole, Vituzzo.

Sto per ringraziare quando resto scioccato dal contenuto delle bottiglie. Pensavo che Mario intendesse offrirmi una limonata, al massimo una Coca-Cola. Invece abbiamo davanti due birre gorgoglianti di schiuma.

– Salute! – esclama Mario, piazzandomene una in mano. – Te la sei meritata. Grande partita!

Lo osservo buttar giú un lungo sorso del liquido biondo. Al diavolo, penso, e lo seguo a ruota. Bevo e comincio a tossire.

– Piano, piano... – mi fa, come un maestro. – Bevila *tanticchia* alla volta o ti viene il mal di testa. È ghiacciata.

Annuisco e riprovo. Subito sento una sensazione di fresco e caldo allo stesso tempo, e comincio a sudare. Fisso Mario, seguo ogni suo gesto, e quando dice: – Questa sí, che è vita! – annuisco e finisco di scolarmi la birra.

La mia prima birra. E non l'ho nemmeno pagata! A mia madre verrebbe un colpo, mi avrà detto almeno mille volte di starne alla larga. Ma l'ho bevuta, e non sono morto, anzi, sono in estasi. Mi sembra persino di vedere Lucia in uno svolazzo di gonne e lustrini. La testa mi gira e non riesco a smettere di sorridere ma sto guardando davvero Lucia: cammina sul marciapiede dall'altra parte della strada.

– Luca! – mi sgomita Mario. – Quella ti ha guardato!

– Chi, Lucia? Davvero?

– Pure uno *sciupafimmine*, sei!

– Che cosa?

– Uno *sciupafimmine*, uno che cucca le ragazze.

– Dillo a mio cugino, – rispondo, concentrandomi sulle parole. Mi sembra che escano al rallentatore. – Dice che con una cosí non ho speranze, è intoccabile. E invece io la vorrei tanto, tanto toccare...

Sto straparlando? Ho l'impressione di esagerare, ma proprio non riesco a fermare la bocca. È come se qualcuno parlasse al posto mio. Possibile che sia la birra? Mario sembra non accorgersene.

– Macché, ti ci faccio parlare io con quella, – risponde con un mezzo sorriso. – È parente di un amico mio. Non è il mio genere, rigida come un manico di scopa, ma se piace a te...

– Fico! – esclamo, lieto che il bancone mi sorregga.

– Te l'ho detto, se mi stai vicino ti diverti.

Capitolo 10

Torno a casa a piedi, ho bisogno di liberare la testa dalla nebbia che nell'ultima ora mi ha impedito di pensare lucidamente.

Vedo Paolo in cima ai gradoni di cemento, ha trovato una posizione strategica, tra un muro di tufo e un cartello stradale, dove non può essere visto dalle finestre di casa sua. Ceniamo lí tutti insieme, tanto per cambiare, e sono pronto a scommettere che zia Rosalba ha il forno acceso, non che mi lamenti, il mio stomaco brontola da un po'.

Paolo mi trascina giú e io mi lascio andare schiena al muro come un sacco di patate.

– Che ci fai nascosto quassú?

– E me lo chiedi pure? Sto aspettando te!

La faccenda inizia a non piacermi per niente, soprattutto quando mio cugino precisa, a bassa voce, che non può rientrare senza di me e io sento una sirena che urla nella mia testa.

– Ehi! Io non ti ho costretto a fare niente...

– Mi hanno detto di tenerti d'occhio, okay? Se no perché continuo a sopportarti? Le nostre madri si fidano del mio giudizio, e tu che fai? Mandi all'aria tutto!

– Quindi sei una... spia? E fai anche rapporto?

Paolo mi rifila un calcio negli stinchi. – Te l'ho detto: Mario è *tintu*, cattivo, non c'è da fidarsi. Ma tu non vedi l'ora di

fartelo amico, e togliti dalla testa che mi stai aiutando, non li voglio amici cosí.
Sono stufo dell'ennesima predica, e poi lui non lo conosce, Mario.
– Non è come lo descrivi tu, mi ha persino offerto da bere!
– Dall'alito si capisce! – esclama lui.
Provo a soffiarmi sul palmo della mano. – Cos'ha che non va il mio alito? Certo, non profuma di margherite ma...
– Puzza di birra. E loro se ne accorgeranno –. Paolo mi gira la testa in direzione della finestra di casa sua dove zio Carmine si è appena affacciato. – Dobbiamo studiare una scusa, perché ci faranno un sacco di domande.
Lo guardo dritto negli occhi e capisco che non sta scherzando affatto. A dirla tutta, non l'ho mai visto scherzare veramente, di recente. Anche sorridere gli capita di rado, ma stavolta ha ragione. Dobbiamo metterci d'accordo, e in fretta, dato che il suo cellulare ricomincia a squillare.
– Lo so io come fare: passiamo dal retro e riempiamo una busta di fichi d'India, – propone. – Dalla scorta di mio padre, in terrazzo. Diciamo che hai insistito tanto per fermarci a raccoglierli. Ma poi sei scivolato e, nel tentativo di aiutarti, sono caduto anch'io...
Non sono ancora del tutto in forma, ma mi sembra un'idea geniale.
– Cosí spieghiamo perché siamo sudati e impolverati. Ho solo una domanda: perché proprio io?
– Tu hai fatto questo casino, tu ti prendi la colpa.

Il piano ha funzionato: i nostri genitori se la sono bevuta. Solo Cettina ci guarda in tralice per tutta la cena. Magari sospetta qualcosa, oppure è solo arrabbiata perché non l'abbiamo portata con noi. Fatto sta che, nonostante i consigli di Paolo, il mattino dopo ho una sola cosa in testa: uscire di casa da solo. E so anche come fare.

Resto a letto fino alle dieci, aspetto che i miei escano e mi dirigo al bar Cannizzaro perché è lí che mi ha dato appuntamento Mario Modica. Purtroppo non riesco a ricordare né l'orario né il luogo stabilito, e credo anche di sapere il perché: la birra mi ha alleggerito la testa piú di quanto avrei voluto... In piú aveva un sapore amarognolo che non mi è piaciuto molto, ma era fresca, e non potevo rifiutarla, o Mario avrebbe pensato che sono un moccioso.

Purtroppo il bar è deserto. L'unico cliente esce una manciata di secondi prima del mio arrivo: lo vedo allontanarsi a piedi, guardandosi intorno come se qualcuno lo stesse pedinando.

Ma c'è sempre Vituzzo, mi dico, cosí salgo gli scalini ed entro. I monitor sopra il bancone delle scommesse trasmettono una corsa di cavalli. Gli annunci sulla vetrina sono sospinti da una leggera brezza. Vituzzo sta ramazzando il pavimento, ha già raccolto una paletta piena di briciole della colazione quando lo saluto per attirare la sua attenzione. Ma non sono fortunato: lui continua a ramazzare con calma, senza rispondere.

Il tempo qui ha un valore diverso che a Torino, dove le persone rimbalzano tra gli appuntamenti come le palline di un flipper. Per esempio: nella mia famiglia, mamma ha il suo giro di negozi in cui ritirare, o consegnare, le riparazioni di sartoria mentre papà fa il turno di lavoro in fabbrica e poi, quando rientra, va ad aiutare un amico meccanico. Io ho la

scuola, ma vado anche a calcio e a karate e prendo lezioni di flauto traverso. Anche a Petramonica tutti hanno degli impegni, ovvio, ma i ritmi sono lentissimi e nessuno si stressa.
Vituzzo mi risponde solo quando ha finito di ramazzare ed è tornato davanti alla macchinetta del caffè. – Che ti porto, *picciò*? Le brioche le ho finite. Mi sono rimasti solo i biscotti.
– Sono venuto a cercare Mario, – rispondo. Mi dimentico persino di dire il cognome, Modica, chissà quanti Mario ci sono al paese!
Lui aggrotta la fronte. – Che vuoi da Mario?
– Mi ha detto di venire qui. Lo devo aiutare con le commissioni.
Per un attimo sulla faccia di Vituzzo si allarga un'espressione meravigliata, poi diventa un indecifrabile mosaico di sospetto e diffidenza.
– Di quali commissioni vai parlando?
– Non me lo ha detto.
– E allora che vuoi?
– Ho appuntamento con Mario! – mi scaldo. Il dialetto non lo parlo, ma l'italiano sí. Cos'è che Vituzzo non capisce?
– È meglio se te ne vai, – risponde. – Mario viene alla sera. A quest'ora ci sono solo i pensionati...
Mi accompagna alla porta ma io insisto e gli chiedo se, nell'attesa, posso avere una granita.
– Niente granite a quest'ora.
– Posso almeno aspettarlo sugli scalini? Mi metto di lato, cosí non disturbo i pensionati che entrano.
Vituzzo gesticola come se stesse allontanando una puzza. Non riesco a credere che mi stia sbattendo fuori cosí... perché

non posso essere un cliente come tutti gli altri? Non faccio in tempo a chiederglielo. Interviene un signore di mezza età: è ben vestito, con i capelli brizzolati e la barbetta curata.
– Che problemi ha il *caruso*? – domanda, sistemandosi il colletto della camicia con delle sottili righe fitte fitte, grigie chiare.
– *Chissu voli* Mario Modica e ha un sacco di pretese. Straparla di certe «commissioni»... Gli ho detto di andarsene.
Ecco, a lui ha risposto subito mentre io, povero scemo, ho dovuto aspettare che finisse di fare i suoi comodi!
– Abbiamo appuntamento! Sono solo in AN-TI-CI-PO!
– *Di cu' sí figghiu, tu?* – mi domanda il tipo.
Stavolta non mi lascio fregare, ho preparato una risposta chiara e concisa per chiunque me lo domandi e gliela dico in fretta.
Lui mi invita a entrare senza battere ciglio.
– Ma don Antonio, io...
L'uomo dal volto scavato, ma gentile, zittisce Vituzzo con un semplice gesto della mano. Mi scorta a un tavolino, si accomoda accanto a me e appoggia il borsello di pelle dietro il tipico dispenser dei tovaglioli da bar.
– A Vituzzo lo devi capire, – comincia a spiegare. – È un uomo tutto d'un pezzo, che di questi tempi è una rarità. In un bar bisogna avere a che fare con certi tipacci...
– Lei non mi sembra un tipaccio.
– Al volo ci siamo capiti, – mi sorride. – Ma non sono tutti come me e te. Certe volte si presentano persino con l'uniforme e i gradi. E uno come fa a fidarsi? Quindi devi perdonarlo, a Vituzzo, se è diffidente con i forestieri che fanno domande.

In un paesino bisogna coprire le spalle ai compari, ci sono persone che davanti ti sorridono e poi alle spalle chissà che combinano.
– È per questo che tutti mi chiedono di chi sono figlio? Per sapere se di me ci si può fidare?
– Sei un ragazzo intelligente, Luca. È come quando i poliziotti fermano un sospettato, la prima cosa che fanno è controllare i documenti, no? A noi non basta: ci informiamo pure sulla famiglia. Per essere certi di sapere con chi abbiamo a che fare.
Il signor Antonio è sicuramente uno forte, mi conquista subito. In fondo ha preso le mie parti, un punto a suo favore. Poi mi ha parlato in italiano, come il padre di Mario, che è un gesto rispettoso. Infine... mi ha parlato come a un suo pari, da uomo a uomo. Tre punti in un colpo solo: penso che il titolo di «don» se lo sia guadagnato con cose cosí. In Sicilia si usa come titolo onorifico, non serve essere un prete, o un nobile.
– Ora, con permesso... vado a prendermi il caffè e leggo le notizie. Sempre informati bisogna essere.
Si alza, cerca con lo sguardo il barista e gli dice di portarmi una granita con i veri limoni di Sicilia. E Vituzzo ubbidisce all'istante. Credevo fosse presto per la granita... Mentre sorrido vedo arrivare Mario. Indossa una T-shirt aderente, d'un grigio scuro brillante con un logo argentato su entrambi i lati e un paio di jeans scoloriti, ma non per il troppo uso, si vede che sono di quelli fatti apposta. Lo accompagna un tizio pelato, con la mascella squadrata e una polo verde che sembra stretta ma sono le sue braccia a essere troppo larghe.

Appena mi vede, Mario spalanca gli occhi e mi raggiunge al tavolino.
– Che sei venuto a fare qui? – domanda agitato. Con la coda dell'occhio continua a guardare il bestione siciliano con cui è entrato, che sta attraversando il salone per sedersi accanto a don Antonio.
– Sei tu che mi hai detto di venire.
– Dopo pranzo, dissi!
Alzo le spalle. – Allora è colpa della birra, ho un po' di confusione su cosa ci siamo detti dopo averla scolata...
Vituzzo posa la granita sul tavolino e mi sorride come il maggiordomo della famiglia Addams. – Buon appetito.
Mario strabuzza gli occhi, vuole sapere se mi sono messo nei guai, ma io non capisco la sua agitazione... Okay, ho sbagliato orario, e neanche di poco, ma non è la fine del mondo! E non ci sono tipacci nei paraggi, al momento.
– Ho solo detto che noi due...
– Ci parli dopo con la tua fidanzata, – si alza una voce. Il bestione di prima invita Mario a raggiungerlo con un esplicito gesto del capo. – *Attacca lu sceccu dunni voli 'u patruni*!
La frase in dialetto non l'ho capita, ma so che *sceccu* vuol dire asino. Mangio la granita senza perdere d'occhio il mio amico e vedo che riceve una mazzetta di fogli e delle buste. don Antonio gli dice qualcosa, gli dà qualche buffetto amichevole sul braccio e si gira dalla mia parte cosí in fretta che mi sorprende a guardarli. Accidenti!
Voglio sapere cosa pensa di me don Antonio, ci tengo, e lo chiedo a Mario appena ritorna al tavolo.
– Ha detto che sembri uno in gamba. Contento?

– E tu? Che hai risposto?
– Che gli amici li so scegliere. Solo gente che sa farsi rispettare. Tu sei venuto al bar a cercarmi e non ti sei fermato nemmeno davanti a Vituzzo. Hai insistito finché non ti hanno accontentato. Cosí si fa: se vuoi una cosa, te la devi prendere.
Mario ha proprio ragione e, infatti, lui ha uno scooter, l'ultimo iPhone, e in paese, grandi e piccoli lo trattano come un adulto. È cosí che vorrei essere considerato anch'io, con rispetto, ecco, sono stufo di rimproveri. *Non fare questo, non fare quello, aspetta di crescere*... Io non voglio piú aspettare, voglio essere grande adesso!
Mario sistema il mazzetto di fogli e buste che ha ricevuto e controlla l'orologio. – Se facciamo qualche commissione già adesso, oggi pomeriggio finiamo presto. Sai che significa?
Non sono sicuro di seguirlo, scuoto la testa.
– Che piú tempo per divertirci abbiamo! Magari ti faccio conoscere i miei fratelli, qualche ragazza, e ti offro da bere.
– Non c'è bisogno che ti disturbi, pago da me.
– Ma quale disturbo! Mi vuoi offendere?
– Ma non puoi pagare sempre tu.
– A Torino fate come vi pare, ma qui non facciamo pagare gli ospiti. Tantomeno gli amici.
E mentre pronuncia la parola «amici» mi si scaldano le guance.
– Okay, ma spenderai un sacco di soldi...
– Di soldi ne ho quanti ne voglio.
– Ah, sí? E come fai?
– Ti mostro, se vuoi.
Annuisco deciso. Non vedo l'ora.

Capitolo 11

Aiutare Mario è piú facile del previsto.
In pratica facciamo su e giú per il paese visitando soprattutto attività commerciali. Salutiamo i proprietari, scambiamo due parole e chiediamo come vanno gli affari. Be', è Mario che parla, ovviamente, io mi guardo intorno senza avvicinarmi troppo, se no finisce che mi chiedono di chi sono figlio e perdiamo tempo. Preferisco guardare i prodotti in vendita, annuire e sorridere, mi sembra che cosí si tranquillizzino, dato che sembrano tutti parecchio agitati. Neanche fossimo ispettori della finanza...
Usciti da una lavanderia, Mario attacca a sghignazzare.
– *Bona 'sta pinsata* di girare per il negozio. Ci voleva!
– Ho solo pensato che fosse meglio non disturbare il vostro colloquio di lavoro, – ammetto. – Perché non stiamo facendo semplici commissioni, vero? È una specie di lavoro...
– Non ti sfugge niente, torinese.
Fingo di ignorare il complimento, in realtà dentro di me sto esultando, come se avessi vinto la medaglia d'oro alle Olimpiadi.
Gli racconto che il fratello di mia madre fa il rappresentante di prodotti surgelati e passa dai clienti regolarmente, anche solo per salutare. Dice che bisogna sapere come lavorarseli ed essere sempre disponibili. – Il tuo è un lavoro del genere?

Mario punta il negozio di articoli da regalo mordendosi il labbro. Sono stato troppo invadente? È che finora ho solo infilato buste nelle buche delle lettere... potrei aiutarlo meglio, se mi dicesse cosa stiamo facendo.
Alla fine vuota il sacco. – Come la chiamate al Nord? Riscossione crediti? Aiuto un recuperatore a convincere i furbi che è meglio se pagano i loro debiti. C'è sempre qualcuno che apre un'attività e crede di poter fare quello che gli pare e piace, gente senza un briciolo di onore.
– E come li convincete a pagare?
– Insistiamo. Ossessionare il debitore funziona quasi sempre. Si fanno mille chiamate, SMS, mail, persino lettere.
Annuisco. Ecco cosa sono le buste che ho imbucato stamattina!
– Bisogna farlo sentire accerchiato, controllato, senza via di scampo, finché cede e paga. Foss'anche vendendo i gioielli della nonna. La parte che faccio io è questa.
La mia mente va a mille. – E se non basta? Se uno si ostina a non pagare?
– Il recuperatore in persona interviene, i casi difficili se li smazza lui. Ci sono tecniche studiate e rodate nel tempo.
– Ma non sei troppo giovane per lavorare?
– Per questo non te lo volevo dire. Ora mi tocca ucciderti! – Mima con la mano il gesto di tagliare la gola e scoppia a ridere. – Il recuperatore è un amico di famiglia. Mio padre lo ha convinto a passarmi qualche commissione per farmi imparare un mestiere. A me, ti dico la verità, interessa solo guadagnare i *piccioli*.
E comincia a sfregarsi pollice e indice, con espressione scaltra.

La situazione mi sembra chiara ora: ecco perché può permettersi di offrire in continuazione; con la paghetta che mi danno i miei ci faccio ben poco... La vacanza in Sicilia sta prendendo una piega inaspettata e, con qualche euro in piú, potrei anche riuscire a divertirmi come si deve.
– Adesso aumentiamo la difficoltà, – mi spiega corrugando la fronte. Inumidisce un dito e se lo passa sulle sopracciglia. – Io entro nel negozio di Pitarresi e tu resti fuori a fare il palo. Quello è *strammato*, capace che si mette a discutere, e alza pure la voce. Ma noi non vogliamo dare spettacolo, solo farlo ragionare. Mi segui? Non vogliamo infangare la sua reputazione.
– Lascia fare a me. Finché non esci, da quella porta non faccio passare neanche uno spiffero –. E lo dico con il tono piú sicuro che riesco a tirare fuori.
– È cosí che parla un uomo d'onore! – esclama Mario e io mi gonfio d'orgoglio. Nessuno mi ha mai definito «uomo», se non è una cosa da grande questa...
E la parte migliore viene quando Mario mi dice che a fine giornata divideremo la grana. Non credo alle mie orecchie! Avrò anche dei soldi? Per quattro commissioni in croce che avrei potuto fare da solo? Sono euforico, non ci piove, ma ho un'idea migliore.
Se vuoi qualcosa, te la devi prendere.
– Non voglio i tuoi soldi, – rispondo. Zittisco il mio amico che sta già per ribattere, e aggiungo: – Però mi insegni a impennare con lo scooter. Se imparo da te, diventerò bravissimo. Certo, dovrai prestarmi il tuo... – E quando mi chiede se lo so usare, uno scooter, non voglio rovinare tutto, cosí lo rassicuro. – Certo, ne ho già guidato uno.

È solo una mezza bugia, o una mezza verità, dipende da come la si guarda. Non intendo certo precisare che l'unico motorino su cui sono salito in vita mia l'ho guidato per meno di venti metri fra le pareti di una cantina. Insomma, che ci vorrà mai a guidare uno scooter?
– Affare fatto! – accetta Mario.
Ci stringiamo la mano e andiamo avanti con le nostre commissioni. Vedo un tizio che si affaccia dal negozio di articoli da regalo: ci squadra di brutto, dev'essere Pitarresi. Già mi immagino la sua resistenza, l'ostinazione di chi non vuol pagare, a Mario toccherà la parte difficile là dentro. Ma se la caverà anche stavolta, è uno tosto, bisogna solo conoscerlo bene perché a prima vista sembra un bastardo. E se può, maltrattare gli altri non gli dispiace secondo me... ma ci tiene all'onore delle persone e io non voglio deluderlo, di me può fidarsi ciecamente. Tanto non racconto niente a nessuno, soprattutto a mio cugino Paolo.

Prima di rientrare, ho un'ultima cosa da fare.
Ho promesso a Roberto, Andrea, Giulia e Simonluca che avrei spedito a ognuno una cartolina da Petramonica. La scelgo uguale per tutti, con i pupi siciliani che prendono la tintarella sulla spiaggia e una generica scritta *Saluti dalla Sicilia*. Non mi sono sforzato un granché, me ne rendo conto, ma è già tanto se le spedisco.
Decido che i francobolli li comprerò direttamente in posta, cosí avrò modo di trovare una penna e scarabocchiare una frase qualsiasi, sempre la stessa, ovvio.
Seguo una scorciatoia che mi ha insegnato zio Carmine e passo davanti all'immancabile sguardo del benzinaio che fa

la radiografia ai passanti anche se sta facendo il pieno a una macchina. Sento il suo sguardo appiccicato alla schiena e lo ignoro. Prima di arrivare in piazza, scendo una scalinata invasa da alte piante e m'infilo negli unici giardini di Petramonica dove gli alberi hanno preso il sopravvento inghiottendo la ringhiera arancione che ne delimita i confini. Entro nei vialetti silenziosi e costeggio il muretto scrostato del campo di bocce dove le piante sono aspre e spinose e le palme donano maestosità e ombra ai giardini. Il sole non riesce a oltrepassare il limite fragile imposto dalle foglie, eppure le colora d'un verde abbagliante che si spande sotto le fronde odorose. Sono tentato di fermarmi a riposare su una panchina, ma rischio che la posta chiuda. Mi fermo solo alla fontana, ho la gola secca. Peccato che di acqua non ce ne sia manco una goccia...

Scuoto la testa e mi affretto a raggiungere il vecchio edificio di cemento al di là dei giardini. L'insegna sul davanti dice: *Poste e Telecomunicazioni*. È cosí scolorita dal sole che si legge a malapena, ma immagino che almeno l'interno sarà stato ristrutturato come tutte le altre poste in cui sono stato, con i banconi blu elettrico, sormontati da una fila di cartelli giallo fluorescente, sedie e colonnine per la privacy. Il solito, insomma. Invece mi sembra di entrare in un pub inglese preso d'assalto dagli Hooligans. Una turba inferocita si accalca agli sportelli battendo i pugni sui vetri antiproiettile. Il dialetto e le urla rendono impossibile capire il motivo della protesta. Non ho idea di come farò a spedire le mie cartoline. Mi faccio strada a gomitate? Le vecchiette in prima fila sono piú agguerrite degli All Blacks della Nuova Zelanda.

Scorgo zio Carmine in fondo al locale. Sta ammirando la scena con aria sorniona, seduto su un traballante mobile grigio.
– Che sta succedendo, zio?
– Non lo *sacciu*! Quando sono arrivato, mezz'ora fa, già cosí erano. Di pagare la bolletta, domani se ne parla ormai.
– E perché non te ne sei andato?
– E perdermi questa scena? Manco se tua zia mi cucinasse il capretto con i pomodorini freschi! Resta anche tu, goditi lo spettacolo... Non se ne vedono scene come queste a Torino!
– E tu che ne sai? Non sei mai venuto a trovarci.
– L'ultima volta che sono salito è stato trent'anni fa. E mi è bastata! Tutte quelle regole mi fanno *strammare*.
Io ci rifletto. Anche a me le regole fanno uscire di testa perché, oltre a quelle della normale convivenza, ne ho migliaia d'altre aggiunte da mia madre. Petramonica non è questo granché, ma almeno c'è piú libertà. Anche se poi non si riesce a pagare una bolletta o a spedire una cartolina.
Sto per salutare lo zio e andarmene, quando dal gruppo di facinorosi sguscia fuori una chioma di ricci scuri che mi sembra di riconoscere. È Lucia! Ammiro la determinazione con cui spinge il braccio di una signora con le borse della spesa. Ma il momento che preferisco è quando le si impiglia la gonna e per un attimo, indimenticabile, le vedo le cosce. Lei si affretta a coprirsi ed esclama: – Ancora tu! Che guardi?
– N-niente... – farfuglio, abbassando lo sguardo. – Volevo comprare dei francobolli, ma credo sia inutile provarci.
Lei si avvicina e mi sventola sotto il naso una striscia di francobolli da collezione. Li hanno realizzati per l'anniversario dell'unità d'Italia.

– Come hai fatto ad averli? – mi stupisco.
– L'impiegato andava a scuola con mia madre –. Ogni volta che sbatte le ciglia rimango ipnotizzato. – È stato arrivare allo sportello che ha richiesto pugni e schiaffi. Anche qualche pestone. Fortuna che ho le scarpe col tacco.
– Io tornerò domani. Spero di essere piú fortunato.
Lei si passa una mano fra i capelli, poi torna a fissarmi e, per la prima volta, noto con piacere, lo fa in modo diverso. Lo sguardo assassino è stato rimpiazzato da una scintilla di curiosità.
– Ma va', ci dividiamo questi, – mi dice, umettandosi le labbra. – Tanto per me sono troppi.
E se ne va, lasciandomi di stucco.
Non so se ho sentito bene, se si è davvero offerta di aiutarmi anche se le ho sbirciato le cosce... Ma allora perché mi ha mollato in mezzo al caos della posta? Il mio cervello fatica a raccapezzarsi, è come se gli ingranaggi si fossero inceppati.
Mi giro e scopro che zio Carmine mi sta fissando. Lo raggiungo incerto.
– Be'? Che fai? Quella è una a posto, sai?
Io corrugo la fronte. A posto in che senso? Non capisco, forse sono solo stordito dal vociare insistente dentro quella specie di pub travestito da posta. Lo zio mi dà una leggera spinta sul braccio.
– Valle dietro, che ti sta aspettando!

Capitolo 12

Lucia non è soltanto bella. È anche simpatica.
Quando le dico che vengo da Torino, comincia a farmi un sacco di domande su com'è vivere in una grande città, se abito in un condominio, se nevica tanto d'inverno, se ho già scelto la scuola superiore...
All'inizio sono agitato, mi pulsa il sangue nelle orecchie. Lei se ne accorge e cerca di mettermi a mio agio parlando della sua famiglia, della vita in paese e della sua nuova scuola. Allora mi sciolgo e rispondo a tutte le domande. Lei mi ascolta attentamente, non è una di quelle persone che interrompono e parlano sopra. Anzi, dato che si è fatto tardi, mi chiede di accompagnarla a casa, cosí posso finire di raccontarle strada facendo.
Salta fuori che a settembre inizierà il liceo linguistico, le piacerebbe viaggiare, ha un debole per Londra e vorrebbe fare l'interprete. Si è iscritta a Palermo perché ci abita una sua zia che è rimasta vedova e ha bisogno di compagnia.
– È il mio modo per lasciare Petramonica, – commenta a bassa voce. – Altrimenti finisco nei guai come tutti gli altri.
Quali guai? E altri... chi? Sto per chiederle spiegazioni, ma sua madre ci interrompe. Si affaccia alla finestra con un casco di bigodini in testa e le dice di salire, che è pronto in tavola.
– Devo andare. Ci vediamo in piazza, vero? Però non sta-

sera, – si affretta ad aggiungere. – E neanche domani. Devo portare gli ultimi documenti a Palermo. Resterò da mia zia per un paio di giorni...

– Mi trovi in piazza quando torni, – le dico, travolto dal modo in cui si mordicchia il labbro inferiore. – Promesso.

La fisso mentre si scapicolla per le scale in un fruscio di gonna svolazzante e sandali colorati.

L'attività serale di Petramonica si concentra tutta in via Roma tra bar e pizzerie, c'è persino un kebabbaro che però è siciliano, e vende anche panelle, arancini e *stigghiola*, che è una terrificante salsiccia di budella d'agnello, giuro. Ma i ragazzi si danno appuntamento alla fontana di piazza San Giovanni, dove si vede tutto il paese dall'alto.

E ci sono un sacco di panchine dove potremo stare un po' in pace, lei e io...

Nell'attesa che Lucia torni da Palermo, per far stare buona mia madre mi offro di darle una mano, come fare la spesa, tanto è a casa della nonna che lei passa la maggior parte del tempo; papà le fa compagnia e ogni tanto si vede con zio Carmine. Il concetto di vacanza dei miei genitori è molto lontano dal mio.

Per fortuna hanno allungato il guinzaglio e riesco a godere di una discreta libertà. Si sentono in colpa per la storia di nonna Pina, li ho sentiti discutere, una sera in camera da letto, e sto sfruttando la situazione. Non è onesto, lo riconosco, e so che il guinzaglio dei miei tornerà a stringersi, non mi faccio illusioni, ma nel frattempo agisco di testa mia e passo un sacco di tempo in compagnia di Mario.

Mio cugino Paolo lo vedo poco. Non voglio che mi scopra a usare il motorino di Mario, un po' per non fare figuracce, un po' perché temo che possa spifferare tutto ai miei.

Il primo giorno di prove, riesco a malapena a restare in equilibrio su due ruote poi, faccio pratica e prendo confidenza con lo staccare un pochino la ruota da terra. Mario mi spiega che con le moto di grossa cilindrata basta un colpetto di acceleratore. Ma con lo scooter, che ha meno potenza, bisogna aiutarsi con il corpo buttando indietro la schiena e il sedere, e tirando il manubrio con le braccia. Quando la ruota si alza, bisogna mollare il gas e la moto torna giú.
– Se durante l'impennata lo scooter piega a destra, o a sinistra, devi spostare il corpo dalla parte opposta per correggere la direzione, – mi mette in guardia. – Tieni sempre due dita sul freno, cosí lo blocchi se rischi il cappottamento all'indietro. Anche perché lo scooter è mio, poi mi tocca spaccarti la faccia.
C'è poco da scherzare, in effetti. Durante le mie prove rischio di cadere e rompermi l'osso del collo almeno venti volte. Però imparo in fretta. E non sto diventando bravo solo a impennare lo scooter: prendo confidenza anche con le commissioni di lavoro, o i *lavoretti*, come li chiama Mario. Sono diventato cosí discreto e silenzioso che i debitori non mi vedono neanche arrivare e sono molto creativo nel tenere lontana la gente. In effetti io e Mario ci intendiamo alla perfezione: basta uno sguardo e ognuno scatta al suo posto. Poi festeggiamo al bar, offre sempre lui. Nemmeno i miei amici del Piemonte sono mai stati tanto disponibili e generosi.

Qualche sera dopo, in piazza, scruto ogni passante alla ricerca di Lucia che, ormai, dovrebbe essere tornata. Cerco di identificare il suo cespuglio di ricci profumati. Non è facile, perché nel periodo delle ferie gli abitanti di Petramonica quadruplicano di numero. Gli emigrati e le loro famiglie tornano per salutare i parenti, come abbiamo fatto noi Padalino. Quindi la «camminata», è cosí che chiamano via Roma durante le vacanze, si riempie di visitatori che fanno avanti e indietro inondando il paese di risate e schiamazzi. I bar del centro si affollano, le gelaterie sfornano coppette a tutto andare e i ragazzi sgasano con i motorini per mettersi in mostra. Le ragazze sono il pezzo forte: fanno su e giú per la camminata piú volte dei maratoneti. Almeno finché qualcuno le adocchia, si alza dalle gradinate della fontana e prende l'iniziativa. Di ragazzi piú grandi se ne vedono pochi: preferiscono uscire con la macchina e andare ad Agrigento. Da Petramonica cercano di andarsene tutti, prima o poi, e, se rimangono, fingono di stare da un'altra parte.
Lucia non si vede da nessuna parte. Mi chiedo se indosserà ancora la gonna a balze che a ogni movimento mi fa girare la testa.
– *Addiventasti serio tuttu nzemmula. Cu ccu ce l'ha?* – si preoccupa Mario.
– Sto solo cercando una persona...
– *Miii... Accussí fai calare i cabbasisi!* – esclama afferrandosi il cavallo dei jeans strappati. – Addrizzati, che ti presento due miei fratelli che ancora non ti conoscono.
Quelli che Mario chiama fratelli fanno parte della sua cerchia ristretta di amici per la pelle. Ovviamente sono contento di

conoscerli, vuol dire che ci sto entrando anch'io, credo, nella sua cerchia, ma stasera non sono in vena di chiacchiere e bevute: ho solo Lucia per la testa e, dalla panchina dove sono seduti tutti, non riuscirò a tenere d'occhio la camminata.
Come arriviamo, i ragazzi ci fanno spazio e i fratelli di Mario saltano giú dallo schienale. Tano ha una cresta fotocopia alla sua, con i lati del capo perfettamente rasati, una canottiera stile rapper e un paio di catene che gli pendono ai fianchi. Pasquale è vestito da fighetto, con pantaloni a sigaretta e maniche della camicia arrotolate sull'avambraccio. Dopo i saluti, si mettono a girarmi intorno, mi esaminano come un capo di bestiame. Poi sfottono il mio faccino «pulito pulito», che però in Sicilia vuol dire anche innocente, e si lamentano del fatto che sono *forestiero*.
– Mario! Di questo che ce ne facciamo?
– Un moccioso è!
Scatto su tutte le furie e mollo a Pasquale uno spintone che lo rimette a sedere sulla panchina. – Moccioso sarai tu!
Tano mi gira un braccio dietro la schiena in meno di un secondo. Non me l'aspettavo e una fitta improvvisa mi lascia senza fiato. Mario interviene a dividerci: tira due schiaffi a Tano e copre d'insulti Pasquale, che era già pronto alla rissa.
– Frate', non ti cafuddu sulu picchí a merda schizza!
I ragazzi attorno a noi smettono subito di urlare. Tano e Pasquale mi guardano in cagnesco ma, alla fine, si scusano e tornano al loro posto.
– Datevi la mano come fanno i fratelli, – ordina Mario, in un tono che non ammette repliche. – Nessuno fa a botte senza il mio permesso.

Tano è il primo a stringermi la mano. – *Chissu ca' nun è me frati.*
A Mario si gonfia una vena sul collo. – A questo rimediamo subito. Avete qualche altra lamentela sul mio amico Luca?
– *La so' famigghia la canúsci?* – azzarda Pasquale.
Ancora questa storia della famiglia!
– È pulito. Se non ti fidi di me, puoi sempre chiedere a Totò Mattina, – chiude il discorso Mario.
Io non so chi sia questo Totò Mattina, e nemmeno m'interessa. Mi sbrigo a tornare sulle gradinate, Lucia potrebbe arrivare da un momento all'altro. Certo, vorrei almeno darmi una sistemata e asciugarmi la fronte... Per le chiazze sotto le ascelle non posso fare nulla ormai, tutta colpa di quei balordi che Mario chiama fratelli. Ma che problema hanno?
Appena mi siedo, sento una voce strillare: – Lucaaa! Saluto le mie cuginette e arrivo da te.
Lucia agita un braccio dal bar di fronte. È seduta con un paio di ragazze che le assomigliano: stessi ricci scuri, stessa piega degli occhi e pelle abbronzata. Sono carine, ma sembrano solo la sua brutta copia. Lucia chiacchiera un altro po' con loro poi prende il suo drink e viene a sedersi accanto a me.
– Ne vuoi un po'? – dice allungandomi il bicchiere.
Accetto subito e faccio per afferrarlo con una mano, ma lei mi ferma.
– Usa la cannuccia, – dice. Poi prende una breve sorsata, e io la imito subito dopo. Solo quando il liquido al sapore di agrumi e cannella mi scende in gola, realizzo il significato del suo gesto: voleva che bevessi dove aveva bevuto lei. Ecco che ricomincio a sudare...
– Cosa hai fatto mentre sono stata via? – domanda, dandomi

il colpo di grazia. Sorride, perfettamente consapevole dell'imbarazzo che riesce a trasmettermi con poche semplici parole.
– Ho aspettato che tornassi, – arrossisco.
– Allora ti sono proprio mancata, – dice, piantandomi addosso il suo sguardo da incantatrice di serpenti. Ma io sono talmente agitato, che sembro piú un lombrico dopo l'acquazzone, e inizio a farfugliare qualcosa.
– Ve la intendete voi due, eh? – s'intromette Mario, con tanto di braccio sul mio collo e tono malizioso. Poi si rivolge a Lucia: – Trattamelo bene *chissu carusu*, che ci sa fare. Non per niente è amico mio. *Macari frati*, se si comporta bene.
Cala un silenzio irreale. L'arrivo di Mario ha rovinato la particolare atmosfera che si stava creando. Come descriverla... una sensazione di complicità che non avevo mai sperimentato prima. Neanche con Giulia.
– Devo andare! – schizza in piedi Lucia. Molla il bicchiere, mi lancia una strana occhiata e dice: – È stato un piacere, Mario.
Scende i gradini in fretta, senza neanche salutarmi, e sparisce nel flusso di turisti che sorseggiano birre, di famiglie con i passeggini e di coppiette che si tengono per mano.
Nel tentativo di individuarla, incrocio lo sguardo di un vigile con la pancia che sembra un'anguria: è lí tutte le sere, controlla la zona pedonale e tiene la pistola in bella mostra, dandosi un sacco di arie.
– *Si ti voi fari amari, fatti disidirari*, – scoppia a ridere Mario. – Lasciala perdere. Te la faccio conoscere io una *bedda picciotta*.
Io non voglio conoscere nessun'altra e glielo dico. Non ho nemmeno capito cos'è appena successo con Lucia, figuriamoci...

– Betta! Oh, Betta! – urla Mario, fingendo di non sentirmi.
Una ragazza con i capelli a caschetto si gira e comincia a guardarsi intorno, poi ci vede e si avvicina con la sua amica. Saluta entrambi e Mario mi presenta: – Questo è il mio amico di Torino, Luca.
– Un piemontese? Vero è? – ribatte lei con eccessiva meraviglia. – Come si sta dalle tue parti? Sai, non sono mai stata in Italia.
Sospiro, è il prototipo della bella svampita: occhi molto truccati, micro-pantaloncini e infradito sbrilluccicose.
– Be', è molto diverso da qui, – rispondo per non essere scortese. – Quindi non hai mai lasciato il paese?
– Mai mai mai... – dice, scuotendo la testa cosí forte che le finisce una ciocca di capelli in bocca.
Mario prende me e lei per le spalle e ci indica una zona appartata della piazza, in corrispondenza della scalinata che scende verso i giardini comunali. – Perché non v'appartate e vi conoscete meglio? Anche Luca non ha mai fatto una certa cosa...
Resto ammutolito mentre lui le dice che non ho mai baciato una ragazza, e lei strilla tutta eccitata commentando che ci assomigliamo, poi si abbarbica al mio braccio e mi trascina verso la panchina di ferro battuto. L'unica al buio, a causa di un lampione rotto.
Succede tutto cosí in fretta che non riesco a reagire. Sento Mario che ridacchia e mi dice di divertirmi e ho l'impressione di essere come Pinocchio, che l'attimo prima cerca di stare a galla fra le onde, e l'attimo dopo si risveglia nello stomaco della balena.

Mi ritrovo sulla panchina delle coppiette con una ragazza che è anche bella, ma a me di lei non importa nulla. Anzi, mi fa un po' pena e non ho il coraggio di mandarla via. Noto che il parapetto della piazza è una specie di finestra sulla valle, il panorama è mozzafiato: colline a perdita d'occhio, uno scintillante quarto di luna e campi di stelle sterminati che si specchiano sui vetri delle macchine. Ma Betta non se ne accorge. Il suo panorama sono io e, oltre a guardarmi, mi mette di continuo le mani addosso, il che, di solito, è una cosa che non sopporto, ma stavolta non mi lamento.
E alla fine mi bacia. Il mio primo bacio.
– Ti è piaciuto? – mi chiede appena stacca le labbra.
Devo ammettere che mi è piaciuto, ma avrei preferito baciare Lucia, solo che lei è scappata senza nemmeno salutarmi. Io non lo avrei mai fatto! Ci sono rimasto male, non mi sembra giusto. Cosí, appena Betta torna alla carica, finisco in un vortice di emozioni che non so descrivere: calore, eccitazione, delusione, incertezza. E mi lascio andare. L'unico pensiero lucido che mi attraversa la mente è che il mio primo bacio l'ho dato a una ragazza che domani spero di non rivedere.

Un'ora dopo, lei se ne va e subito Mario si siede accanto a me. È sporco di rossetto.
– Com'è andata con Betta? È venuta, tutta arrabbiata, a prendere la sua amica, e mi ha dato anche due borsettate.
– Quella è proprio scema, – sbotto. – La prossima volta che vuoi rifilarmi una ragazza, fammela almeno scegliere!
– Lucia l'hai scelta tu e non è andata meglio, mi pare. Almeno Betta ti ha *vasato*. Sicuro che non la vuoi rivedere?

– Sicurissimo.
– È cosí che si comportano i grandi! – esclama all'improvviso, e si passa una mano sulla cresta di capelli perfettamente dritti. – Decisi, sicuri e anche un po' *vastasi*. Mica stanno a dannarsi l'anima per una *fimmina*!
Annuisco, poco convinto. Ho solo voglia di concentrarmi sul panorama e l'aria fresca che scende dal monte Peppino, la punta di roccia nuda che domina tutta Petramonica. La verità è che non mi sono sentito poi cosí grande a baciare una tipa qualsiasi e nemmeno a lasciarla andare arrabbiata, senza spiegarle che è davvero una bella ragazza, semplicemente non è il mio tipo.
– Parliamo di cose serie, adesso –. Mario si sistema la camicia elegante, bianca con sottili righe argentate, e si mette a sedere composto. – Se vuoi davvero entrare nella mia cerchia di amici, devi dimostrare di essere affidabile.
– Te l'ho già dimostrato che sono affidabile –. Mi acciglio.
– Ma a tutti gli altri no, – spiega allargando le braccia. Come se non dipendesse da lui. – Vuoi diventare *me frati*, o no?
– Cosa devo fare?
– Devi giurare e superare una prova.
– A me sembra una cosa da bambini.
– Non lo è. Ci vanno i *cabbasisi*. Ma se hai paura...
– Okay, parlami di questa prova.

Capitolo 13

– Se non ti piace, lasciala.
La voce di mamma mi riporta sulla terra. Sono seduto in cucina, a casa della nonna, per una volta a cena siamo solo in quattro: io, i miei genitori e ovviamente nonna Pina. Ma è come se ci fossero solo Sara e Lillo, perché sono loro che parlano di continuo, fanno rumore con le posate, perfino nel versare l'acqua. Io li osservo e muovo lentamente il cucchiaio. E la nonna, be', mangia e respira in un mondo tutto suo. Ha anche una cena tutta sua, perché lei la minestra è meglio se non la mangia da sola, almeno secondo mia madre. Cosí le ha preparato del pollo che ha poi tagliato a pezzetti prima di portarglielo. C'è un momento in cui rimane con la forchetta a mezz'aria, come se si fosse scordata dove infilare il boccone. Papà se ne accorge e l'aiuta, prima chiamandola per nome, poi accompagnando la sua mano verso la bocca. Allora completa il gesto. Mi dispiace per la sua malattia, è proprio brutta, lo ammetto. E l'aiuterei io stesso se non stessi viaggiando con la mente in un marasma di pensieri tragici.
La prova di Mario è terribile ed emozionante. E ho deciso di farla, non c'è proprio alcun dubbio. Vorrei poter dire a mia madre che il problema non è la minestra di lenticchie che, anzi, mi piacerebbe tanto gustare, ma sto ripassando tutte le cose che potrebbero andare storte durante la prova... Neanche

mi accorgo di restare piú volte con il cucchiaio a mezz'aria e l'aria schifata, ma mi sforzo di mangiarla.
– Fra mezz'ora devo essere in piazza, – dico, davanti al piatto vuoto.
Mamma lascia andare le braccia sul tavolo. – Di nuovo! Ma che ci vai a fare tutte le sere in piazza, si può sapere?
– Sto con gli amici, ma'. Niente di che...
– Sí, ma che cosa fate? E chi sono questi amici? Li conosco?
– Non sono terroristi, se è quello che vuoi sapere.
– Ricordati che non siamo a Torino. Questa è la Sicilia...
La frase resta sospesa. Mamma sembra di colpo concentrata sul piatto che ha davanti. Non capisco se vuole lasciarmi intendere qualcosa. Che c'è, poi, di cosí diverso qui, da Torino? Oppure è solo un subdolo tentativo per farmi uscire dai gangheri. Propendo all'istante per la seconda ipotesi. Di solito questo è il momento in cui le cose precipitano, dico la cosa sbagliata e mi viene negato il permesso di uscire. Ma i lavoretti con Mario mi hanno insegnato come si fa a schivare una domanda e a portare la conversazione su un terreno favorevole.
– Quando inizierai a fidarti di me? – chiedo, assumendo la tipica posizione del figlio affranto: spalle rilassate, braccia lungo i fianchi e sguardo basso. – A scuola sono il primo della classe. Rispetto il coprifuoco quando esco e ti aiuto sempre con la spesa. Ancora non basta? Cosa devo fare per avere la vostra fiducia?
– Non volevo dire questo. Io stavo...
– Okay, okay... – la interrompo. – Il problema è la nonna, giusto? A partire da domani trascorrerò piú tempo insieme

a lei. Forse, continuando a spiegarle chi sono, potrebbe anche riuscire a ricordarsi di me, non siamo venuti anche per questo?

– Non è necessario, – dice mio padre. Con la coda dell'occhio vedo che aggiunge qualche parola muovendo solo le labbra. Perfino la nonna fa per intervenire, alza un braccio secco, sembra un vigile all'incrocio. Poi lo ritrae. Fissa mio padre, serissima, per alcuni secondi, ma le labbra non si muovono. Mamma fa finta di niente e annuisce. – Ha ragione papà. L'estate finisce in fretta, pensiamo noi a nonna. Solo, non fare tardi. Paolo viene con te?

– Sai che non gli piace uscire la sera, – spiego, alzandomi da tavola. Ripongo piatto e posate nel lavello del cucinino. – Ma posso vedere se ha cambiato idea. Basta fare il giro lungo.

Le sorrido posandole una mano sulla spalla sinistra e lancio un'occhiata al volto senza espressione della nonna. Pessima idea. Anche lei mi fissa.

– Sara! *Ccà fare c'u figghiu* di Franco Balena? Cena con *nuàutri*?

Okay, non resisto ai suoi occhietti luminosi, in un secondo giro attorno al tavolo, le schiocco un sonoro bacio sulla guancia e faccio per schizzare fuori. Papà mi aspetta sulla porta con il portafoglio aperto. – Tieni, prendi questi. Offri qualcosa anche a tuo cugino.

– Non mi servono, – gli dico. – Me li dai un'altra volta, magari.

Corro a cambiarmi pensando all'ultima, geniale idea che ho avuto: rifiutare i soldi è stato un tocco di classe, non si discute. Sono stato grande, no? Ora posso correre in piazza San Giovanni. Per l'occasione, infilo i bermuda di jeans e una maglietta con il simbolo della pace. Voglio essere bello, durante la prova, perché mi vedranno tutti.

– Ecco il nostro eroe! – strilla Mario, appena arrivo in piazza. Le gradinate della fontana sono cosí piene di ragazzi e ragazze che bisogna chiedere permesso per passare. D'altra parte è venerdí e la camminata straripa di gente che inaugura il weekend. La cricca di Mario è la piú appariscente, con i maschi che fingono calci dopo una pessima battuta, o si spingono per mettersi in mostra, e le femmine che strillano piú forte dei venditori ambulanti. E ridono, ridono tantissimo, anche senza motivo. Tutti però sono perfettamente riconoscibili anche da lontano per l'abbigliamento vistoso, luccicante per le ragazze, pieno di firme prestigiose per i ragazzi.
Mario è raggiante, continua a punzecchiare Tano e Pasquale, dicendo che dopo stasera dovranno solo stare muti, che lui ha fiuto e non lo deluderò. Pasquale lo sfida a scommettere, e lui accetta. Si gira la visiera del cappello da baseball e gli stringe la mano, suggellando l'accordo, poi sputano entrambi per terra. Io cerco di sembrare calmo ma la verità è che mi sta scoppiando il cuore. Ho in mente sempre la stessa immagine in cui mi ritrovo lungo disteso sulla strada, tutti mi guardano e si coprono la bocca. Scuoto la testa per scacciarla via, devo avere un'espressione decisa perché Mario annuisce fissandomi soddisfatto. – Questo è il Luca che conosco!
Beato lui, perché io fatico a riconoscermi. L'agitazione mi pulsa nelle orecchie, attutisce alcuni rumori e ne amplifica altri. Sento il tintinnio dei bicchieri, l'eco metallica delle po-

sate e il rumore di centinaia di passi. Agli incitamenti degli altri ragazzi rispondo con un sorriso forzato, sospetto che non importi a nessuno che ce la faccia o meno, comunque avranno il loro spettacolo e ne parleranno per giorni.
– Lo scooter l'ho lasciato davanti alla sala giochi, – continua Mario. Mi concentro sulle sue parole, ignorando tutto il resto. – Le chiavi sono già dentro. Devi solo mettere in moto e partire.
– Hai un ultimo consiglio da darmi? – domando.
– Ricorda che lo scooter è mio e che tutti ti stanno guardando. Ho detto a Tano di filmarti con l'iPhone, che poi carichiamo il video su YouTube. Quindi, non cadere.
Mi dà un paio di schiaffi sulle guance, che in Sicilia hanno un significato tutto loro, credo sia un incoraggiamento, come per darmi la carica. Poi prende posto sulle gradinate e io guardo un'ultima volta i ragazzi della combriccola. Sono tutti schierati, alle loro spalle la fontana della piazza, che è una di quelle grosse e tonde, di pietra, con un elaborato sistema di spruzzi e luci colorate. Ma è secca, vuota. Completamente inutile. Spero di non fare la sua stessa fine.
È ora di muoversi. Attraverso la strada, salgo sullo scooter e tolgo il cavalletto. I ragazzi della sala giochi abbandonano le loro postazioni ed escono a guardarmi. Qualcuno mi fa un cenno ma io non rispondo, cerco di rimanere concentrato e controllo la piazza. Verifico che tutto sia al posto giusto: il vigile urbano è sceso dalla macchina e sta chiacchierando con uno che non ho mai visto, col naso adunco e un folto pizzetto. È il momento perfetto.
Accendo lo scooter. Non mi resta che partire a razzo, im-

pennare senza casco di fronte alla polizia municipale e poi scappare. Superata la macchina d'ordinanza dovrò imboccare la salita a destra, fare una curva a gomito e infilarmi nei vicoli stretti della città vecchia. Se sarò abbastanza veloce, il vigile non proverà neppure a seguirmi: la macchina non ci passa negli spazi cosí angusti.

Ecco, la prova è questa.

Mario mi ha detto che sarà un gioco da ragazzi, devo solo mantenere la calma e non farmi fregare dalla curva a gomito. Io, invece, mi vedo già schiantato contro un muretto... Tutt'a un tratto ho un ripensamento e lancio a Mario un'occhiata disperata. No. Impossibile. Mi sembra quasi di sentirlo: «Hai perso la tua occasione, torinese. *Vattinne* e non farti piú vedere». Non posso deluderlo, non voglio essere considerato un vigliacco.

E allora perché non riesco a trovare il coraggio di partire?

Prendo un lungo respiro, poi vedo Lucia che passeggia con le cugine, indossa un vestito bianco che le lascia scoperta la schiena. Mi guarda con espressione interrogativa, si starà chiedendo cosa ci faccio seduto sullo scooter, da solo, col motore al minimo. Di colpo, sento l'adrenalina scorrermi nelle vene: le mostrerò di che cosa sono capace. Adesso.

Sollevo le gambe e parto a tutto gas.

La ruota posteriore emette un leggero fischio, il ronzio dello scooter sale d'intensità e si trasforma in vibrazione. Sono un tutt'uno con le due ruote lanciate a razzo. Intravedo che la gente comincia a girarsi mentre l'uomo con il pizzetto avvisa il vigile urbano che gli sto puntando addosso. Quando lui spalanca gli occhi, aspetto ancora un istante e sollevo lo scooter con uno strappo: la ruota si alza di una ventina di centimetri e ricade.

Che errore da principiante!

Dovevo sbilanciarmi con la schiena, come ho fatto a dimenticarmene? Sento i ragazzi sulle gradinate prorompere in un coro di esclamazioni confuse, c'è chi ride, chi urla, chi mi incoraggia. Ma non voglio arrendermi proprio adesso perché ho ancora una decina di metri, posso riprovare.

Questa volta mi preparo per bene, punto i piedi e sollevo il manubrio con tutta la forza che ho, lasciando due dita sul freno, come mi ha insegnato Mario. Butto il peso del corpo all'indietro e la ruota sale all'altezza della mia testa. Continua a girare, mentre regolo l'acceleratore con dei leggeri colpetti. Ce l'ho fatta!

Vorrei che questo momento durasse in eterno. Ho il pieno controllo della situazione. Vedo e sento tutto ciò che mi circonda: le grida dei ragazzi, i volti stupefatti della gente, l'ebbrezza della velocità... Sono al settimo cielo, ma resto concentrato. La prova non è finita.

Sfreccio accanto al vigile, raggiungo la salita e mollo di colpo l'acceleratore. Lo scooter si abbassa in un secondo, cala pesantemente a terra e mi costringe a governare la direzione. Stringo il manubrio come un toro per le corna, evitando la ringhiera di metallo per un soffio, e imbuco la viuzza per la città vecchia. È il momento di frenare, ma non troppo, quanto basta a non sfondare la porta della parrucchiera all'angolo. Accarezzo il freno, piego lo scooter e faccio una curva perfetta, con il rombo del motore amplificato dalle strette mura. È troppo tardi per guardare gli

specchietti: la piazza, le urla, la gente... sono già alle mie spalle. È tutto finito.
Finché non mi accorgo di una traversa.
È una viuzza che ho fatto con Mario un sacco di volte, gira intorno al palazzo che si affaccia alla piazza e ritorna alla rampa simmetrica che ho usato per dileguarmi. Allora mi viene un'idea: se riappaio in piazza, anche solo per tre secondi, posso vedere la reazione di Lucia. Si tratta solo di scendere da una rampa e risalire sull'altra, ma devo decidere in fretta.
Entro nel vicolo, seguo un paio di curve e scendo di nuovo verso la piazza. Al mio ritorno si scatena una vera e propria ovazione, io rispondo con un colpo di clacson. Sono in estasi. È cosí che ci si guadagna il rispetto degli altri... Le regole di famiglia, i divieti della legge... sono solo catene di plastica. Basta romperle, non è impossibile, e gli altri ti guardano con occhi diversi. Ora, su questo scooter, non sono piú il «tesoro di mamma». Sono grande.
Il vigile accende il motore dell'auto nel momento stesso in cui risalgo in direzione della parrucchiera. Forse vuole inseguirmi o tagliarmi la strada da qualche parte, ma non mi preoccupa affatto: ho studiato quei vicoli meglio che per l'esame di terza media.
Chi mi preoccupa è Lucia, che è rimasta in mezzo alla strada con le cugine e sta scuotendo la testa. Quando la noto per poco la delusione non mi fa perdere il controllo. Possibile che tutti mi acclamino come un eroe, tranne lei? Mario dice che le donne del Sud sono toste, ma questo è assurdo. Si può sapere cosa ho sbagliato stavolta? Perché mi ha rovinato questo momento? Era perfetto finché non ho visto il disprezzo nel

suo sguardo... Voglio, anzi devo saperlo e c'è un solo modo per farlo.

La aspetto sotto casa, a motore spento.
Non so per quanto tempo rimango stravaccato sul manubrio dello scooter di Mario, perché ho dimenticato l'orologio a casa. Spero solo di non fare tardi al coprifuoco dei miei. Il vicolo rimane silenzioso e immobile per tutto il tempo e inizio a preoccuparmi seriamente, quando vedo Lucia venirmi incontro. – Sei pazzo? Cosa ci fai qui?
– Ho bisogno di parlarti.
Lei mi rifila un paio di schiaffi sulla spalla.
– Ti sta cercando la polizia municipale, – mi rimprovera. – Di bravate se ne vedono tutti i giorni, a Petramonica. Ma tu hai davvero esagerato. Te ne rendi conto, sí o no?
Un po' mi diverte, vedere che si guarda alle spalle come se stessero arrivando le forze speciali da un momento all'altro. Io sbircio le persiane al piano superiore, spero che sua madre non ci interrompa come l'ultima volta.
– Okay, il secondo passaggio potevo risparmiarmelo.
– Pure il primo potevi risparmiarti! Perché lo hai fatto?
– Ho promesso di non parlarne con nessuno.
– Tipico di voi maschi. Insomma, che vuoi?
– Voglio sapere perché ce l'hai con me.
Lucia, con le mani sui fianchi, inclina la testa. – Cosa non hai capito dell'«hai davvero esagerato»?
Dovrei sentirmi offeso, quanto meno giudicato, ma riesco solo a pensare che quando è arrabbiata sembra ancora piú bella...
– Non intendo solo stasera, – le spiego. – Anche qualche

giorno fa, quando ci siamo visti in piazza. Stavamo bene, credo. Poi è arrivato Mario e sei scappata senza salutarmi. Cos'è successo? Non è che lui... ti piace?
– Li facevo piú furbi quelli del Nord.
– E questo adesso che c'entra? Si può sapere?
– Chiedilo a tu *frati* Mario!
E imbuca la porta di casa, lasciandomi di stucco con in mano l'inutile speranza di capirci qualcosa.

Capitolo 14

– Nella leggenda sei entrato! – strilla Mario, per superare il ronzio acuto del motore. – Lo capisci?
Lui guida lo scooter, mentre io mi godo il vento sulla faccia. Stiamo uscendo dal paese. Ci sono solo due strade, a Petramonica: quella nuova che è franata ma la stanno rifacendo e quella vecchia che è abbandonata. Solo che ai pali della luce sono stati rubati i cavi di rame... Mario dice che sono stati rivenduti a un buon prezzo, tanto non si usavano piú: nella strada vecchia perfino le buche sono diventate voragini.
– Hai mandato in estasi la piazza con quel colpo di clacson, – continua, staccando la mano sinistra per gesticolare. – Ti adorano, Luca. Hai superato la prova alla grande.
Io non riesco a trattenermi e gli dico che Lucia la pensa diversamente, ma secondo lui sta solo facendo la preziosa.
Ci fermiamo allo svincolo della strada statale, Mario attende che un camioncino si allontani verso Agrigento e schizza nella direzione opposta. Parcheggiamo davanti al motel La Tonnara.
– Il costume da bagno te lo sei messo? – mi chiede, appoggiando la schiena al tronco di una palma. Ce n'è un intero filare, tra la statale e il perimetro esterno dell'edificio annerito.
– Sí, ma credevo andassimo in piscina.

– Fumo una sigaretta ed entriamo.
Mario non si sbottona, forse vuole farmi una sorpresa ma non vedo nulla di interessante qui intorno.
– Sicuro che non vuoi provare? – dice porgendomi il mozzicone di sigaretta. – Aiuta a rilassarsi.
– No, grazie. Il fumo non lo sopporto.
– Allora possiamo andare...
Guadagniamo l'ombra sotto il portico del motel. È una giornata torrida e basta entrare nel bar interno per stare meglio: sul soffitto vorticano a tutta forza le pale di un ventilatore. L'aria smuove i lunghi capelli di una ragazza che, da quando siamo arrivati, non ha smesso di osservarci.
– Totò Mattina vuole parlarti, – dice a Mario.
– Pure io sono felice di vederti, Rita, – risponde lui, sarcastico.
– Vacci subito. Sai che non gli piace aspettare, – lo avverte, poi si gira verso di me. – Quello nuovo è?
– Mi chiamo Luca, – specifico.
Lei smette di masticare la gomma. – Buon per te.
Non mi va di restare al bar con la iena e seguo Mario mentre imbocca un vialetto che conduce al retro dell'edificio. Girato l'angolo, scopro che quella simpaticona è la figlia del proprietario, ma non ho tempo per pensarci perché Mario si ferma di fronte a un cancelletto coperto da una rete verde. – A te l'onore.
Lo supero e rimango senza parole.
Ho di fronte una piscina interrata con un design naturalistico, forme arrotondate e una profondità progressiva che simula una spiaggia vera e propria. È circondata da lettini

e ombrelloni, decorata con quarzi scintillanti e muretti di pietra grigia. Una decina di ragazzi sta facendo la coda al trampolino: riconosco subito Tano, con un costume a pantaloncino rosso, che prende la rincorsa e si esibisce in una capriola dall'esito disastroso. L'acqua sollevata dalla sua spanciata scatena il coro di lamentele delle ragazze in bikini a bordo vasca.
– Ero convinto che in paese mancasse l'acqua... – osservo meravigliato, ma Mario molla lo zaino e si tuffa vestito.
Quando riemerge, appallottola la maglietta bagnata e me la lancia addosso. – Che te ne frega? Goditela! Sei il festeggiato! Buttati...
Io mi guardo intorno un istante: questa festa è davvero per me? Non rimpiango piú la vacanza in Liguria, la mia estate è diventata all'improvviso emozionante, piena di possibilità e prime volte.
E non ho alcuna intenzione di accontentarmi.
Corro in acqua sollevando una marea di zampilli scintillanti. Faccio un paio di bracciate a dorso e mi ritrovo accanto a Mario.
– Che te ne pare? – mi chiede, strizzandosi la cresta.
– È il paradiso!
– Sí, ma Dio non c'entra. 'Stò paradiso te lo sei guadagnato grazie a me –. Mi schizza dritto in faccia e fa per uscire dall'acqua. – Ora vado a parlare con Totò Mattina. Una cosa veloce veloce.
– Chi è? Non è la prima volta che lo sento nominare.
– È il mio superiore. Il recuperatore di cui ti parlavo.
Mi riesce difficile collegare dove mi trovo con il lavoro.

Chissà se anche gli altri ragazzi svolgono commissioni come me e Mario, se lavorano tutti per Totò Mattina... deve avere un bel giro di affari...
Una delle ragazze sgambetta davanti a un mobiletto di vimini, apre lo sportello e fa partire un CD da discoteca che tutti acclamano. Ancheggiando a ritmo di musica, con un bicchiere di succo in mano, scambio due chiacchiere con i ragazzi che ho conosciuto giocando a calcio, poi faccio un tuffo dal trampolino. Mi lancio dallo scivolo e bagno di proposito le ragazze. Cammino mezzo metro da terra perché penso di poter diventare anch'io come Mario, che ha tutto ciò che vuole e gira con cento euro in tasca. E piú ci credo, piú mi diverto. Finché vengo avvicinato da Pasquale.
Mi raggiunge camminando sul fondo della piscina, l'acqua che gli arriva a metà del petto. – Il tuo *zito* ancora non si vede, – mi sbeffeggia. – Ti manca? State sempre attaccati...
Sorrido, ma il tono di voce che sta usando non mi piace.
– La cosa buffa di te, torinese, è che sei arrivato al paese come un qualunque fighetto del Nord, un figlio di papà sdraiato sul retro di una Punto da quattro soldi. E ora te ne stai attaccato a Mario come una muffa, lavorate insieme, andate in scooter insieme... Che cosa mi rappresenta?
Indietreggio verso il bordo della piscina, e mi accorgo che gli altri ragazzi hanno smesso di ridere e azzuffarsi. Pasquale stringe i pugni per gonfiare i bicipiti, senza smettere di avanzare.
– C'è una parola per tutto questo... Tano, la conosci?
Avrei dovuto immaginare che ci fosse anche lui nei paraggi, solo che non lo vedo da nessuna parte. A meno che... Non

faccio in tempo a girarmi, che vengo immobilizzato: Tano è alle mie spalle.
– Sí, la conosco. Leccaculo, – dice, scoprendo i denti in un ghigno minaccioso.
– Proprio quella! – esclama Pasquale. – Ma ti devi trovare qualche altro culo da leccare.
Tano mi torce il polso: – Puoi leccare il mio, se ti va.
Quasi tutti osservano in silenzio.
– Fammi un fischio la prossima volta, eroe di 'sta minchia, – conclude Tano. Poi lo sento allentare la stretta ed esclamare: – Mario, torna dal tuo ragazzo! Sta per mettersi a piangere, mi sa!
Lui sta rientrando in piscina di corsa, per mia fortuna. Da solo non avrei avuto scampo. Ingoiare il rospo e l'orgoglio, però, non mi è piaciuto affatto. Sono questi i suoi fratelli? La cerchia ristretta che chiama la sua Famiglia?
– Che state facendo voi due?
– Ci divertiamo con il tuo pupillo, – risponde Pasquale, con un sorriso falso. – Non è ancora battezzato, o sbaglio?
– Battezzato? – chiedo io.
Un secondo dopo mi ritrovo sott'acqua con la mano di Tano che mi tiene giú mentre io scalcio a tutta forza. Sento i polmoni bruciare, piú per l'agitazione che per altro. Appena mi lascia, torno a galla con un balzo ed emetto un verso rauco. Respiro tutta l'aria che posso, piegato in due da una tosse convulsa, mentre Tano e Pasquale ridono a crepapelle. Me l'hanno fatta: hanno trasformato le loro minacce in uno scherzo del quale non posso lamentarmi. Se ora dicessi che sono stato minacciato, mi renderei ridicolo...

Mario allarga le braccia. – Che c'è? Non ti è piaciuto? Su, usciamo dall'acqua e prepariamoci. È ora della *punciuta*.

Mario ci raduna nella sala relax, su una parete spicca una vetrina piena di liquori mentre dall'altro lato, sopra un mobiletto sospeso, adocchio un tagliasigari, un bocchino e un posacenere di cristallo.
Ci sediamo attorno a un tavolino, e cala un silenzio fitto, cosí denso che pesa tonnellate.
– Diventare *me frati* è una cosa seria, – inizia Mario. – Significa entrare a far parte della Famiglia. Sei sicuro?
Le minacce di Tano e Pasquale mi hanno preso alla sprovvista, ma non mi lascio intimorire. Voglio stare nel gruppo dei grandi, altroché se lo voglio. Annuisco.
– Prima devi farti marchiare.
Per l'ennesima volta sono stupito. Mario ha sempre parlato di un giuramento e finora ho immaginato una cosa del tipo: «Giuro solennemente di...». Ma di farsi marchiare nessuno ha mai detto niente, sono sicuro...
Mario appoggia i gomiti sulle ginocchia e si sporge verso di me. – Te lo sei mai fatto un tatuaggio?
Tutti si girano a guardarmi. Dieci paia di occhi serissimi.
– No, – ammetto.
Lui si alza. Tende il braccio destro, con il pugno chiuso, e mostra un tatuaggio a cui non avevo mai fatto caso prima. È una croce templare con una lettera per ciascun settore. In alto, le iniziali M M, Mario Modica ovvio. In basso, F P.
– Famiglia di Petramonica, – sussurra Mario.
A un suo cenno, gli altri si alzano e tendono le braccia come

il loro leader: hanno lo stesso identico tatuaggio inciso sulla pelle. Cambiano solo le iniziali nella parte superiore della croce.
– Luca Padalino, – continua lui. – Voglio presentarti un mio vecchio amico, che sarà presto il tuo...
Abbassa il braccio, prende qualcosa in tasca e mi punta un pezzo di metallo appuntito al naso. – don Punteruolo!
Noto con orrore che la punta metallica è smussata e piena di ruggine.
– Non lo farai con quello, vero?
Tano fa un passo avanti e mi dice: – Se vuoi stare con i grandi, amico, devi giocare come i grandi.
Sono senza parole.
Gli altri membri della Famiglia si scambiano occhiate dubbiose. Io non mi muovo ma comincio a sudare. Cosa devo fare?
Mario mi solleva con uno strattone. – Alzati!
Rimaniamo faccia a faccia. Ci separano una decina di centimetri al massimo, e in mezzo il punteruolo. Pasquale si avvicina con un barattolo d'inchiostro.
– Avanti, fallo, – lo sfido.
Lui mi appoggia don Punteruolo sulla pelle. Preme finché non fuoriescono due gocce di sangue. Inspiro, stringendo i denti, ed emetto un fischio simile a quello di mio padre. Poi intinge la punta nell'inchiostro e dice: – È velenoso, sai? Potresti morire.
Scandisce le parole senza togliermi gli occhi di dosso. E ci riesce, a farmi paura, ma qualcosa non quadra, non sono poi cosí stupido.

– Sí? E com'è che tutti voi siete ancora qui, allora?
Mario si ficca una mano in bocca, la bagna con la saliva e me la fa vedere. Alza il braccio, comincia a strofinarselo e gli altri fanno lo stesso finché i tatuaggi spariscono uno dopo l'altro.
Un'esplosione di risate squarcia il silenzio della sala relax.
Era uno scherzo!
A quel punto, sorrido anch'io, anche se non mi sono affatto divertito. È la seconda volta che mi capita, oggi, e inizio ad averne abbastanza. Mario mi rifila uno spintone e mi ritrovo di nuovo seduto sulla poltrona. Mi lascio molleggiare, mentre i miei fratelli si prendono gioco di me. Ma non è ancora finita. Mario zittisce tutti, poi porta una mano al cuore e l'altra al cielo, dicendo: – Giura con me.
Ripeto il gesto e apro bene le orecchie. Spero con tutto il cuore che sia la volta buona perché non so se riuscirò a sopportare un altro scherzo...
– Giuro di essere fedele alla Famiglia di Petramonica. Se dovessi tradire, il mio sangue sarà versato fino all'ultima goccia.
Ripeto in un profondo silenzio.
– E ora gli obblighi, – aggiunge Mario. – Onora il rappresentante della Famiglia. Non rubare a tuo fratello. Non desiderare la donna di tuo fratello. Non uccidere tuo fratello, salvo in casi di necessità. Non parlare della Famiglia con nessuno all'infuori dei fratelli. Non tradire la Famiglia con un'altra Famiglia.
Alcuni degli obblighi mi lasciano piú che perplesso, ma non è il momento di interromperlo e li ripeto. In fondo è solo una formula rituale, no? Come i dieci comandamenti della Bibbia. Il divieto di uccidere, poi, è semplicemente assurdo: cosa

vuol dire «salvo in casi di necessità»? È ovvio che si tratta di un'esagerazione, una spacconata delle loro come la storia di poco fa col veleno che poteva ammazzarmi.
Finito di parlare, ci stringiamo gli avambracci. Inizio con Mario e ripeto il gesto con ogni fratello. Il patto è suggellato.
– Hai promesso fedeltà al tuo capo e a tutti i tuoi fratelli, – conclude Mario, soddisfatto. – Benvenuto in Famiglia, Luca.
Tutti mi abbracciano, dandomi due baci sulle guance, si congratulano... Sembra la prima comunione.
– Ora che succede? – domando.
Lui è già in piedi. – È finito il periodo di prova: si fanno lavoretti piú seri, e ci si copre le spalle a vicenda. Piú privilegi, piú doveri.
E quindi?

Capitolo 15

Stanotte non riesco a dormire.
Mi sento come se il cervello fosse collegato a un proiettore e saltasse in continuazione da un'immagine all'altra. La piscina dietro il motel. L'avvertimento di Tano e Pasquale. La *punciuta*. Il giuramento. Quando ho una notte cosí mi rassegno a stare sveglio e passo il tempo a pensare, so già che non c'è altro da fare. «Piú privilegi, piú doveri», ha detto Mario, e mi ha dato la paga di tutti gli arretrati.
– La gente qua è divisa in due: quelli che camminano a testa bassa, e gli uomini d'onore, sempre a testa alta, – mi ha detto in tono serio. – Tu devi camminare a testa alta, perché questi soldi te li sei guadagnati. E avrai bisogno anche di un cellulare. Prendi il mio, che tanto lo devo cambiare.
E io? Ho preso tutto: soldi e cellulare. Che avrei dovuto fare? Mia madre mi ha insegnato che i regali non si rifiutano, in piú ho parecchie idee su come usarli... Prima di tutto un regalo per Lucia, per farmi perdonare per... non so cosa. Poi dei vestiti firmati: grazie all'ossessione per il risparmio dei miei, mi sono sempre messo delle sottomarche, ma per far colpo sugli amici e sulle ragazze servono le firme, non c'è storia. Infine la benzina, ovvio! Con un pieno allo scooter giro dappertutto, posso dare passaggi e andare dove mi pare. E posso anche non avercelo, il motorino: se pago la benzina, gli altri mi portano dove voglio.

La verità è che con i soldi posso fare tutto ma non basta a sciogliere l'agitazione che mi scorre in tutto il corpo. Continuo a ripetere la formula di presentazione che mi ha insegnato Mario, perché i lavoretti d'ora in avanti li devo fare da solo. Poco importa se non mi sento pronto, se pochi in paese mi conoscono o se preferirei continuare a fare come prima. Anzi, non importa proprio niente, sarò faccia a faccia con i clienti dei nuovi lavoretti e dubito che saranno amichevoli, magari urleranno o mi minacceranno...
– Se segui le mie istruzioni niente ti succede, – ha detto Mario.
Certo, se lo dice lui.

Sono fermo sotto l'insegna di Christian, il kebabbaro, da almeno dieci minuti. Sto aspettando il momento giusto, che però non arriva mai, e rischio di attirare troppo l'attenzione...
Mi decido ed entro. Christian sta tagliuzzando la carne con un coltello.
– Buongiorno! – mi sorride. Il cappello a punta che indossa assomiglia a una barchetta di carta. – Cosa ti preparo?
Mi faccio coraggio: è il momento di usare la formula di Mario e scoprire se funziona.
– Da mangiare, niente. Ma può sempre fare un'offerta per la festa di san Calogero. Altrimenti passiamo alla colla...
Avrà capito? Io per primo ho qualche dubbio, però non conosco bene le usanze siciliane... Comunque, il passaggio della colla non ha senso e non mi è chiara nemmeno la questione delle offerte. Secondo Mario, cosí nessuno deve preoccuparsi, ma a me sembra che confondiamo le persone e basta: non è meglio chiamare le cose con il nome giusto?

Christian si acciglia. – Ah, sí? E tu chi saresti?
– Sono amico di Mario Modica, – dico in tono assente, come se stessi recitando una poesia di Manzoni. – Questi lavoretti d'ora in poi li faccio io. Non è che perché sono forestiero le passa lo sghiribizzo di non credermi? Che poi succedono pasticci.
Ce l'ho fatta, ho ripetuto tutto... Se non altro ho seguito le istruzioni, ho fatto bene il mio lavoro, no? Ma noto che Christian stringe il coltello come se volesse lanciarmelo. – Che fa, *babbii*? C'è la telecamera? Come quel vecchio programma TV...
Scuoto la testa.
– Quindi fai sul serio... Ti avviso: un popolo che paga il pizzo è un popolo senza dignità. Vattene!
Il kebabbaro aggira il bancone per venirmi incontro. La notizia buona è che ha lasciato il coltello sul tavolo di lavoro, ma io d'istinto indietreggio verso la porta. Non so come devo comportarmi, e chiedo: – Cosa c'entra il popolo, adesso? Le ho solo ricordato che deve pagare.
– E io ti sto ricordando che questa è la porta! – urla, aprendola di scatto e indicando un adesivo arancione. – Hai letto? Il pizzo io non lo pago, e chi me lo chiede, lo denuncio. *Vattinne!*
Certo che l'ho visto l'adesivo, ne ha uno anche zia Rosalba in erboristeria, e allora? È roba per i mafiosi e io non sono uno di loro, nemmeno ci assomiglio! Me li immagino con la lupara e lo stuzzicadenti in bocca... Okay, forse sto esagerando, sono cosí nei film, che ne so io di come sono nella vita reale? Però quello scemo del kebabbaro mi ha scambiato per uno di loro

e si sbaglia di grosso, altroché! Forse era solo una scusa per mandarmi via...
Lo accontento: me ne vado, e anche di corsa ché magari gli viene l'idea di denunciarmi sul serio. Mentre mi allontano sono sempre piú arrabbiato con me stesso, anche deluso. Il primo lavoretto che faccio da solo è stato un disastro, e dovrò dirlo a Mario... Se non lo fa prima qualcun altro, visto che i soliti curiosi, per strada, si sono fermati a guardare e continuano a fissarmi anche adesso. C'è chi ha un'espressione spaventata e chi sembra arrabbiato... Manco fossi un delinquente! Per fortuna non reagiscono tutti allo stesso modo.
Altri negozianti mi consegnano dei doni, per lo piú alimentari, da portare alla Famiglia. E Mario me l'ha spiegato, che in Sicilia sono tanto tanto ospitali, ma secondo me sono fin troppo ossequiosi. Voglio dire, non stiamo salvando i deboli e gli oppressi, stiamo sollecitando dei pagamenti: proprio non vedo il motivo di tanta riconoscenza. Mario ha anche detto di tenermi alcune delle cose ricevute, tanto non dispiace a nessuno e me le sono meritate. E io, alla fine della giornata, smetto perfino di farmi delle domande, dopotutto «a caval donato non si guarda in bocca», no?

Al bar Cannizzaro faccio rapporto e Mario ascolta con un sorrisetto malizioso. Si fa pure una ghignata quando gli racconto come mi ha trattato il kebabbaro.
– Le prime volte capita, – mi spiega. – Non ha voluto neanche l'avviso scritto?
– Non mi ha dato il tempo di tirarlo fuori!
– Nessun problema. Se ne occuperà Totò Mattina.

– Quel cretino mi ha scambiato per un mafioso... mi ha pure sbattuto in faccia l'adesivo contro il pizzo. E che cavolo, non siamo delinquenti!
Vedo che Mario si scompiscia, gli scende persino una lacrima e deve asciugarla con il fazzoletto di stoffa. Bel modo di coprirci le spalle a vicenda, altro che Famiglia! Io non ci trovo niente da ridere...
– Guarda che so tutto della mafia. Ce l'hanno spiegata a scuola, e ho visto un sacco di film.
– Che cos'è la mafia? Qualcosa che si mangia? – mi dice, appena si riprende. – Ovvio che è solo una scusa. Ma hai fatto bene a non parlare della Famiglia, il giuramento lo ricordi?
– Non parlare della Famiglia con nessuno all'infuori dei fratelli.
– C'è anche un proverbio siciliano che dice: *a megghiu parola è chidda cca nun si rici*, la parola migliore è quella che non si dice –. Si fa frettoloso. – Se hai capito, bene. Se no, peggio per te. Ora basta con questa storia e passiamo alle cose serie.
Mi mostra un numero dalla rubrica del suo telefono: me lo devo segnare perché è di un cliente che conosce il suo e non gli risponde piú.
– Le maniere forti bisogna usare con questo tipo. La formula che ti ho insegnato non basta, ma ne ho già preparata un'altra.
Cerco di restare impassibile ma sono teso, a quanto pare devo continuamente imparare qualcosa di piú difficile...
– Piú che una formula è un atteggiamento, – spiega, guardandomi dritto negli occhi. – Ti presenti e gli dici che deve saldare il debito. O saranno guai seri. Vedi che risponde, e se si ostina a non pagare passi alle minacce. È tutto un bluff,

chiaro? Ma devi essere convincente, devi fargli venire una strizza da non dormirci la notte.
– Minacce? Quali minacce? – ho un leggero tremolio a una gamba ma riesco a controllarlo.
– Per esempio: «Tieni d'occhio il negozio». «Guardati tuo figlio». «Attento a te». E, se ancora non bastano, gli dici che incendiamo il magazzino. Cosí si spaventa e sgancia i soldi.
Lo guardo incredulo. Il Mario che conosco io non è un chierichetto, certo, non aiuta le vecchiette ad attraversare la strada, ma nemmeno è un delinquente. E glielo dico.
– Devi solo bluffare, – insiste lui. – Hai presente nel poker? Uno dice di avere scala reale e invece ha solo doppia coppia. Devi mettergli abbastanza strizza da farlo pagare.
Io però insisto, ci deve essere un altro modo, non è possibile che...
– I metodi sono stati studiati e rodati nel tempo. A furia di insistere, sollecitare e in alcuni casi sí, minacciare, i soldi arrivano, credimi. Qual è il problema?
Deglutisco. – Non mi sembra la cosa piú sensata da fare.
– Ah, sí? E perché?
– Perché va bene i debiti, ma sono pur sempre delle persone. Non possiamo spaventarle a morte. È uno scherzo stupido, ecco.
– Oh, quindi sarei uno scemo ora.
– Non sto dicendo questo.
– Non lo stai dicendo? No?
Ogni traccia di ilarità è sparita dal suo volto. Fa dei lunghi respiri, i nervi del collo si tendono e afferra il bordo del tavo-

lino come se intendesse lanciarmelo addosso da un momento all'altro.
– Per caso vuoi comandare la Famiglia? Vuoi decidere tu cosa è meglio fare? È questo?
Lo sapevo che finivo nei guai a parlare... Mormoro che non volevo mancargli di rispetto e spero che gli passi in fretta.
– Ricordati con chi stai parlando! – mi avverte. – Non tirare troppo la corda, intesi? Detto questo, voglio dimostrarti la mia buona volontà. Sono disposto a sollevarti da questo compito e darlo a qualcuno che non ha i tuoi problemi di coscienza. In cambio, ho un lavoretto speciale per te –. Il suo sorriso è tutto fuorché amichevole.
Se c'è una cosa che il giuramento, con tutte le sue stranezze, ha chiarito senza ombra di dubbio è che la Famiglia va presa con dannata serietà. Mario mi sta dando un'ultima possibilità e io sono pronto.
– Stanotte devi uscire e prendere l'auto di un debitore incallito. Fatti un giro in paese, carica delle ragazze, divertiti... Alla fine lascia l'auto in fondo al paese, dove inizia il cantiere della strada franata. È un compito facile, adatto a te. Che ne dici: pensi di farcela?
– Mi stai dicendo che devo... rubare un'auto? – mi si gela il sudore lungo la schiena.
– No, *c'addumanni li chiavi u patruni*! Tanto è uno scherzo. Gli operai del cantiere trovano l'auto, la restituiscono e il tizio capisce che deve pagare se non vuole subirne altri. Hai qualche altra domanda?
Non oso lamentarmi di nuovo ma non capisco la logica di quello che lui chiama «scherzo» per spaventare l'ennesimo

debitore. Mi limito a dire che il proprietario non mi darà mai le chiavi della sua auto, mi sembra ovvio.

– Fidati di *mia*, non avrai problemi a ottenerle.

– E chi sarebbe, il tizio?

– Il tuo zietto, Carmine Padalino.

Capitolo 16

Passo le tre ore seguenti chiuso in camera.
Nella mia testa continuano a formarsi domande alle quali non riesco a dare una risposta. Soprattutto una: come sono finito in questa situazione? Davvero, non riesco a credere che stia succedendo proprio a me... Mario vuole farmela pagare per aver messo in dubbio la sua autorità, ci scommetto. Era meglio la stramaledetta telefonata... Poi ci rifletto bene, e mi convinco che, dopotutto, ha ragione lui: sono la persona giusta. Preferirei ingoiare un detersivo piuttosto che fare del male allo zio Carmine, ma forse posso sfruttare la situazione per limitare i danni. Un Tano qualsiasi, al posto mio, non si farebbe scrupoli con la macchina, non gliene importa mai nulla a quelli come Tano e Pasquale. Con me, invece, lo zio ritroverà l'auto intatta, senza un graffio, niente.
Ma ho ben altre domande senza risposta. A quanto ammonta il debito di zio Carmine? Credevo che se la passassero piuttosto bene, ho sentito mamma dire che la pensione dello zio basterebbe da sola a mantenere la famiglia, anche senza erboristeria... Potrebbe essersi indebitato con le scommesse, succede in un sacco di film... No, i film non c'entrano, questa è la vita vera e io devo concentrarmi sui problemi da risolvere. E sono tanti...
Innanzitutto come farò a uscire di casa in piena notte?

Sperare di attraversare non una, ma due volte, la stanza dei miei genitori mentre dormono a un metro di distanza è una vera pazzia, ma lo è anche tentare di calarsi dal terzo piano o saltare di tetto in tetto... rabbrividisco al solo pensiero, avrei dovuto scegliere il piano terra!
Poi, come farò ad agguantare le chiavi?
So che zio Carmine le tiene nel cestino accanto alla porta, potrei prenderle di nascosto mentre dorme. Non è impossibile, in effetti, ma odio lo stesso doverlo fare e odio non avere scelta: se mi rifiuto i miei fratelli penseranno che sono un codardo e non si fideranno piú di me. Ora so cosa significa «vergognarsi come un ladro» e continuo a ripetermi che è solo uno scherzo, e gli zii sanno stare agli scherzi... devo convincermene perché mi faccio schifo da solo ed è orribile.
Affondo la testa nel cuscino, disperato. Non so proprio come fare. Vorrei chiudermi in camera e restarci fino al mattino dopo, come a un pigiama party. Sollevo la testa di scatto.
Pigiama party? Perché no?

– Zia, stanotte posso restare a dormire da voi?
– Ma certo, nipotino mio! Tutto quello che vuoi!
– Come mai proprio stasera? – domanda Paolo. Stringe gli occhi a fessura. – C'è qualcosa di particolare in TV?
Fortuna che mi ha dato l'imbeccata, perché non avevo previsto una domanda cosí. Nella casa rosa dei nonni non c'è la televisione.
– Niente in particolare, ma sarebbe bello vedere un film. Non mi ricordo piú nemmeno come sono fatti.
È il genere di proposta che piace a zia Rosalba.

– Paoluccio, non puoi rifiutare! – si entusiasma come da programma.
Ovviamente mio cugino non condivide la sua estrema gioia, si limita a sfoggiare un'espressione a metà fra il sospetto e lo sbigottimento, anche questo da programma.
– Preparo una cena per festeggiare, – continua zia Rosalba. – Invitiamo anche i tuoi e mangiamo tutti insieme. Poi noi adulti ci leviamo dalle scatole e vi lasciamo trascorrere il resto della serata fra cuginetti. Insomma, non vi vedete quasi mai!
Io sorrido, ma il cuore mi pesa come un macigno. Sto accumulando troppe bugie, in questa vacanza, non credevo sarebbe stato cosí faticoso. L'unico ad accorgersi del mio stato d'animo è Paolo: l'improvvisa voglia di stare insieme non se l'è bevuta. Lo capisco da come mi guarda. Ci intendiamo al volo, noi due, purtroppo o per fortuna.
Ma il piano procede senza intoppi. I miei genitori si portano dietro nonna Pina e consumiamo quantità industriali di cibo. La nonna, tra una forchettata e l'altra, mi punta addosso il suo sguardo vacuo. Allarga gli occhi, le sopracciglia si alzano, infine apre la bocca, sul punto di parlare. E io me lo sento che è la volta buona. «Dài, nonna, dài che ci sei». Poi torna composta. Il volto si appiattisce e unisce le mani in grembo sul tessuto a fiori del suo vestito abbottonato davanti. Niente da fare. Un'altra occasione persa. Mi guardo in giro, la tavola è un campo di battaglia, sono tutti troppo impegnati a ridere e scherzare. E io lascio perdere. Alla fine il gelato lo finiamo in soggiorno, dove zia Rosalba ha preparato un'oasi del divertimento fatta di cuscini e festoni colorati. E, accanto al cinquanta pollici a schermo piatto, c'è un grattacielo di DVD,

compresa qualche novità appena masterizzata. Paolo non è proprio un festaiolo, ma sembra divertirsi e stare al gioco. I miei genitori vanno a casa presto per via della nonna, mentre gli zii salutano per andare a letto verso l'una. Poco dopo sbadiglio e, mentre Paolo raggiunge la sua stanza, io infilo le gambe sotto il lenzuolo del divano letto.

Al buio, il tempo non passa mai, ma devo essere cauto: mi alzerò solo quando sarò sicuro che tutti stanno dormendo. Aspetto ben quaranta minuti. Ora o mai piú.

Ho tenuto addosso i bermuda per risparmiare tempo. Il cestino con le chiavi è in corridoio, accanto alla porta del soggiorno dove ho passato la serata con Paolo. Afferro le chiavi, chiudo le dita lentamente per soffocare anche il piú piccolo tintinnio metallico. È uno scherzo, continuo a ripetermi, non succederà niente.

Invece qualcosa succede: Paolo è in piedi, in corridoio, e mi sta fissando. – Posale, o mi metto a urlare.

Avevo dato per scontato che si sarebbe addormentato, anche se avevo capito che sospettava qualcosa: un errore da principiante.

Lo convinco ad ascoltarmi e mi segue in soggiorno. Io mi siedo sul bordo del divano, lui avvicina una sedia alla credenza in stile barocco. I mobili di zia Rosalba sono ingombri di fotografie, Paolo ne mette una a testa in giú, a colpo sicuro. Come se non fosse la prima volta.

– Perché lo hai fatto? – m'incuriosisco.

– Le domande le faccio io –. Tenta di sottrarmi le chiavi con uno scatto, ma io stringo le dita. – Perché le hai rubate?

– È solo un prestito...

Maledetta foto! Mi sono lasciato distrarre e ho smesso di pensare a una scusa convincente, devo fare attenzione a non nominare la Famiglia.

– Puoi fare di meglio, – dice Paolo.

Ha ragione, solo che in questo momento non riesco a pensare, sono troppo agitato, se gli zii si svegliano, è la fine.

Il ronzio del cellulare ci interrompe e Paolo se ne accorge. – Ti sei fatto il cellulare nuovo?

Un attimo dopo me lo ritrovo addosso, mi pianta un ginocchio sullo stomaco e comincia a rovistarmi nelle tasche. Provo a difendermi, ma lui mi copre la faccia con le lenzuola del divano letto e, quando le scosto, lo vedo allontanarsi con il mio smartphone. Il monitor di luce azzurra illumina lo stupore sulla sua faccia.

– È un messaggio di Mario Modica. Dice di mandargli una foto quando hai finito il lavoretto, che vuole una prova.

– Ridammelo subito!

– Scommetto che te lo ha dato lui, il cellulare.

– Non sono affari tuoi!

– Sapevo che ti avrebbe messo nei guai.

Paolo mi lancia il cellulare. La delusione nella sua voce mi toglie il fiato, preferirei che mi avesse dato un pugno, ma non ho intenzione di starmene lí a farmi giudicare.

– Senti, fai quello che devi fare. Io me ne vado!

Mi alzo, sguscio sotto la serranda ed esco in terrazzo. Vedo il posteriore della Volvo spuntare all'angolo. L'auto di zio Carmine è parcheggiata sul lato dell'edificio che si affaccia sulla strada panoramica. Mi avvicino con circospezione, i lampioni illuminano di giallo la carreggiata. In giro non si vede nessuno, a parte un gatto che schizza all'improvviso sotto il cassonetto della spazzatura, facendomi sobbalzare. La finestra della camera di zio Carmine è proprio sopra la mia testa e tutto tace. Mi sono preoccupato per niente: mio cugino non ha abbastanza fegato per fare la spia.

Raggiungo la macchina, faccio scattare la chiusura centralizzata e salgo dal lato conducente. Appoggio la testa all'indietro per cercare di calmarmi, ho le mani che tremano, boccheggio come un pesce rosso. Improvvisamente mi rendo conto di non aver pensato al problema piú ovvio di tutta la faccenda: non ho mai guidato una macchina.

Okay, ho guidato in un sacco di videogame. So che si devono inserire le marce, usare la frizione e tutto il resto, ma farlo veramente è un'altra cosa. I pedali sono lontani, la leva delle marce sembra incastrata e il volante è durissimo... non ce la farò mai.

– Sei impazzito? – urla Paolo, chiudendo la portiera dal lato passeggero. – Non puoi guidare un'auto senza patente, soprattutto se è rubata. Finirai nei casini!

– Saranno guai se non lo faccio!

Paolo mi afferra la faccia per costringermi a guardarlo. – Qualunque cosa ti abbia detto Mario è sbagliata, smettila di dargli retta. Non è la persona che pensi. L'unico amico di Mario Modica è Mario Modica. Capisci?

– Sei tu che non capisci. Mario è un fratello.

– Un fratello che ti chiede di rubare una macchina? Che non viene neppure a darti una mano? Svegliati!

C'è qualcosa che non va, ero io che dicevo a Paolo di svegliarsi... e ora la situazione si è ribaltata?

– Se mi tiro indietro, penserà che sono un vigliacco. Smetterà di fidarsi, mi toglierà i lavoretti. Mi paga, lo sai?
– Quindi lo fai per soldi? Ti interessano quelli?
– Tu non mi conosci affatto.
– Hai ragione, ma adesso sono qui. Non è troppo tardi per tirarsi indietro! Posso aiutarti, se solo tu...
Bla, bla, bla. Smetto di ascoltarlo, il tempo scorre veloce: se vuole rimanere sull'auto, faccia pure, ma io devo trovare il modo di spostarla. Intanto, sistemo lo specchietto retrovisore per adattarlo alla mia altezza e mi rendo conto che la strada è inclinata. Bella scoperta, vero? Eppure una cosa cosí ovvia può sbloccare la situazione.
Avverto Paolo che è ancora in tempo per scendere, ma lui insiste, vuole a tutti i costi farmi cambiare idea. Okay, l'ha voluto lui. Tiro la leva del cambio con entrambe le mani e metto in folle. Poi giro le chiavi, il quadro s'illumina di spie colorate. I fari sono già accesi, il motore ronza al minimo e come per magia il volante si alleggerisce... Meno male, non ho intenzione di usare le marce, ma un volante leggero mi servirà eccome.
– Si parte!
– Che vuol dire «si parte»? Smettila! Spegni il motore!
Prima che a mio cugino venga in mente di tirare via la chiave, abbasso il freno a mano e la gravità fa tutto il resto. Dal momento che zio Carmine ha parcheggiato la macchina con il muso in discesa, so cosa fare: basta usare il freno e il volante per portarla a destinazione. Devo solo dosare la velocità.
– Siamo partiti. Siamo partiti! – strilla Paolo, assordandomi.
– Andremo a schiantarci!

Vedo uno Stop davanti a noi, la strada è sgombra, devo premere il pedale del freno e rallentare abbastanza da riuscire a curvare verso sinistra. Paolo finisce di allacciarsi la cintura appena in tempo per coprirsi la faccia, ma non succede niente di brutto: raddrizzo la macchina e lascio che prenda velocità.
– Hai visto? – gli dico. – Un gioco da ragazzi.
– Finirà male... Finirà male... Finirà male... – ripete a bassa voce, afferrando il cruscotto.
– Non portare sfiga, è tutto sotto controllo. Anzi, che ne dici di metter su della musica?
– Finirà male... Finirà male... Finirà male...
Sbuffo, è sempre il solito guastafeste. Comincio a premere tutti i pulsanti dell'autoradio perché è un modello che non conosco e non so come accenderla, ha due rotelle e quattro pulsanti al massimo... Nessun problema, se sono in grado di guidare un'auto posso far partire anche un semplice stereo. Almeno smetterò di sentire le insulse preghiere di mio cugino.
– La curva! Attento! – strilla all'improvviso.
Di fronte a noi c'è un supermarket. Ho lasciato che la macchina prendesse troppa velocità e ora non ho piú il tempo di allungarmi sul pedale del freno. L'unica soluzione è svoltare a sinistra: la strada prosegue in discesa verso una colonna di segnali di pericolo lampeggianti. Il cantiere: è lí che dobbiamo andare.
– Buttiamoci nel parcheggio! – urla Paolo, afferrando il volante. Inizia a tirarlo dalla sua parte, ma se entriamo nel parcheggio ci fermeremo, e non saremo piú in grado di rimetterci in strada.

– No, a sinistra. Lascia fare a me!
Cosí lui tira il volante a destra, io a sinistra.
L'auto ondeggia scomposta, le ruote fischiano e l'insegna del supermarket diventa sempre piú grande. Urlo a squarciagola, entrambi lo facciamo, e ci schiantiamo contro la serranda di metallo.
Sento esplodermi in faccia un enorme pallone, è soffice.
È l'ultima cosa che riesco a sentire, poi scivolo in un buio profondo.

Capitolo 17

I carabinieri di Petramonica arrivano in volata come al Rally di Montecarlo. Sento le sirene che ululano alla luna perché mi riprendo quasi subito, sono un po' dolorante ma riesco a muovermi normalmente e non vedo sangue da nessuna parte. Anche Paolo mi sembra a posto, per fortuna.

Veniamo circondati ad armi spiegate, le luci lampeggiano sui vetri della Volvo incidentata, mentre una voce metallica urla al megafono: – Alzate le mani! Lentamente!

Ci scambiano per dei ladri e quando scendiamo non sembrano preparati ad affrontare due ragazzini. Allora ci fanno mille domande, perlustrano la zona e parlano un sacco alla radio. Poi chiamano i nostri genitori e ci fanno sedere sul marciapiede.

Intorno a noi si raduna una folla di curiosi: donne in vestaglia, vecchiette con i bigodini, uomini in ciabatte con la sigaretta in bocca. I carabinieri provano a dire a tutti di andare a casa, che non c'è niente da vedere, ma ottengono, al massimo, un passo indietro.

Fisso la Volvo con un nodo in gola che m'impedisce di dire qualsiasi cosa: era vecchia, sí, ma ora è sfasciata. Io e Paolo non ci siamo fatti niente, il che mi fa sentire meglio, ovvio, ma è anche peggio perché, quando arrivano i miei, zio Carmine si scatena sul serio: – Siete tutti e due in punizione! Vi

tocca *travagliare* vent'anni, *pi pagarimi i danni*! Domani venite dal carrozziere con me!
Mia madre, che finora ha ripetuto ogni categorica esclamazione dello zio, si inceppa come una macchina da cucire. – Dal carrozziere? Li chiudiamo in casa fino alla vecchiaia!
– No, Sara. Me li porto dal carrozziere, cosí vedono la lista dei danni. Gli faccio leggere il preventivo e facciamo i conti insieme. Devono rendersi conto della bravata che hanno fatto.
È cosí arrabbiato che finisce la saliva ed è costretto a inumidire le labbra con la lingua. Poi si rivolge a Paolo, abbassando la voce: – Da te non me lo sarei mai aspettato. Ma parleremo anche di questo.
La gente comincia a intromettersi e la confusione aumenta: c'è chi dà consigli sull'educazione dei figli, chi si offre di testimoniare, chi ostacola le operazioni di traino dando opinioni sul metodo migliore di agganciare l'auto, chi è appena arrivato e domanda informazioni... E, ogni volta che qualcuno racconta, la vicenda si ingigantisce. In qualche versione compare persino una pericolosa banda di ladri seriali, che la settimana scorsa ha sfondato la vetrina del Lidl di Porto Empedocle. I carabinieri minacciano di arrestare tutti quando un tizio chiede a che ora sarà trasmesso in televisione, il giorno dopo.
Poi arriva un'auto in borghese, con la luce a intermittenza posata sul tettuccio. Si ferma di traverso e due carabinieri si avvicinano per fare rapporto. Da dove mi trovo io, non riesco a vedere. Provo ad alzarmi, ma papà me lo impedisce e l'ansia mi schiaccia. Hanno qualche sospetto su di me? Forse

vogliono portarmi in centrale per interrogarmi... riuscirò a tenere la bocca chiusa? Già, perché in tutto questo marasma l'unica mia certezza è che ho fallito il compito affidatomi da Mario. Come si comporta la Famiglia in questi casi?
– A dritta! Seguiamo il carro attrezzi, – strilla zio Carmine.
Saliamo sulla Punto di papà. Paolo rimane in silenzio, io cerco di richiamare la sua attenzione in tutti i modi, ma lui continua a guardarsi i piedi, mortificato, e non mi dà retta. Di nuovo sono stritolato dai dubbi: è arrabbiato? Medita vendetta? Sta pensando di fare la spia sulle attività del cugino delinquente?
Pagherei per saperlo. E di soldi ne ho parecchi, ma non sono serviti a molto: nei guai ci sono finito lo stesso. Guardo la mia immagine riflessa nel finestrino e mi stupisco di me stesso. Davvero essere scoperto è la mia sola preoccupazione?

– Guardatela bene, – ordina zio Carmine con lo sguardo spiritato, – la macchina che avete distrutto. C'è un buco al posto del muso. E sapete che fine ha fatto il parabrezza?
– È saltato via? – azzardo, con un filo di voce.
Paolo non ha ancora alzato lo sguardo. Comincio a temere che la botta gli abbia deformato il collo e non riesca piú a raddrizzarlo.
– Il termine piú giusto sarebbe «schizzato». Lo hanno ritrovato vicino ai carrelli della spesa! – La risata di zio Carmine fa paura. – Ora, diteci come sono andate le cose. E non risparmiate sui particolari.
Stavolta sono io ad abbassare lo sguardo.
L'espressione delusa di mio padre mi sta distruggendo: non

mi sgrida, non alza le mani, neanche uno scappellotto... basta il suo sguardo a farmi sentire il verme che sono.
– Sto aspettando, – sollecita zio Carmine.
Sospiro. Non posso fare altro che ammettere ogni colpevolezza, certo, senza fare il minimo accenno a Mario e alla Famiglia, per carità! Ma non faccio in tempo ad aprire bocca, che mio cugino mi precede.
– È colpa mia. Mi sono vantato con Luca di saper guidare e, siccome non mi ha creduto, volevo dimostrarglielo.
– E hai rubato le chiavi della Volvo, – osserva zio Carmine. Sulla fronte ha piú rughe del solito. – Vai avanti...
– Non c'è molto altro da dire. Ci siamo schiantati.
– Perché per guidare ci vogliono diciott'anni! Bisogna fare una scuola e passare due esami! Anche qui da noi! Te lo ripeteranno i carabinieri che passeranno a trovarci nel pomeriggio. Ci hanno lasciato andare perché conoscono tua zia e hanno capito che è stata una bravata... Ma ti rendi conto di cosa hai fatto?
Lo zio alza la voce al punto da far girare il meccanico dalla nostra parte e io mi sento malissimo. Non avrei mai immaginato che Paolo si prendesse la colpa. Perché lo ha fatto? Non me lo sono certo meritato e, in ogni caso, avrebbe dovuto farlo Mario...
Si fanno lavoretti piú seri e ci si copre le spalle a vicenda.
Vorrei intervenire, ma non ne ho proprio il coraggio... La testa non si alza, le parole non escono. A malapena riesco a respirare. Che vergogna! Sono solo un vigliacco...
Il terzo grado di zio Carmine si ferma all'arrivo di un tizio con il pizzetto. Lo osservo con attenzione e riconosco il naso

curvo, la mascella che sembra scolpita nella roccia: è l'uomo che chiacchierava con il vigile urbano in piazza San Giovanni, la sera della prova di coraggio. Subito penso che è capitato per caso, ma poi vedo mio padre andargli incontro. Si abbracciano, parlottano e poi vengono da me.

– Cosimo Schillaci, – lo introduce papà. – Ci conosciamo dai tempi delle elementari, è un carabiniere. Ha saputo della situazione e si è precipitato ad aiutarci.

Ci mancava solo il vecchio amico di famiglia! Non siamo già abbastanza nei guai, anche senza mettere in mezzo un estraneo?

– Vuole parlare con te, Luca, – se ne esce mio padre. Si fa da parte e dice a Cosimo: – È tutto tuo. Vedi se riesci a fargli entrare un po' di sale in zucca. Io sto perdendo le speranze.

Il suo amico mi prende da parte: non è in divisa, ma ha un distintivo e sul fianco noto un rigonfiamento. Una pistola.

– È un peccato conoscerti in un'occasione tanto spiacevole. Mi racconti che cosa è successo?

Resto sulla difensiva e ripeto la versione di Paolo, ovviamente mi sento di nuovo un verme. Ogni parola che pronuncio ha il sapore del fango.

– È tutto, – concludo.

– Davvero? Perché sai, mi *parse* di vederti impennare con lo scooter in piazza, qualche sera fa.

E questo cosa c'entra, adesso? Non capisco dove vuole andare a parare. Per sicurezza, faccio scena muta.

– Magari mi sbaglio... Ma vedi, c'erano dei ragazzi che ti acclamavano. Anche quelli mi sembra di averli riconosciuti. Vivo e lavoro da un'altra parte, ma a Petramonica ci sono cresciuto.

– E allora? – chiedo e faccio di tutto per fingermi spavaldo, invece sono terrorizzato. Ho un nodo in gola grande quanto una pallina da tennis.
– Uno di quei ragazzi per nome ti chiamava. Si vantava di essere stato lui a insegnarti, e che nella sua cerchia ci saresti entrato presto. Un certo Mario Modica, lo conosci?
Cosimo non si aspetta una vera risposta, perché ricomincia subito a parlare. – Ho il sospetto che uno come Mario possa averti suggerito di fare qualche altro gesto sconsiderato. Spacciandolo per una prova di coraggio o che so io. Alla tua età è facile lasciarsi trasportare dagli altri, soprattutto se ti riempiono di complimenti o, magari, di regali. E non piace a nessuno fare la figura del vigliacco... Te lo richiedo: cosa è successo veramente?
La mia testa è un mare in tempesta, i pensieri si accavallano l'un l'altro, dubbi e interrogativi si moltiplicano. Perché questo tipo è tanto interessato a Mario? Come fa a sapere della Famiglia di Petramonica?
– Gliel'ho già detto, signore.
– Sí, certo. Torna da tuo padre, adesso.
Faccio per andarmene, ma lui aggiunge: – Sono stato *picciriddu* anch'io, so cosa credi di sapere. Ma Mario non merita di essere coperto da un bravo ragazzo come te. Voglio che tu ci rifletta. Tieni... – Mi mette fra le mani un biglietto da visita. – Il mio numero, casomai ti venisse in mente qualcosa, o volessi semplicemente parlare.
– Parlare di cosa?
– Quando lo saprai, allora parleremo.

Capitolo 18

Torniamo a casa all'ora di pranzo.

Zia Rosalba prepara una pasta veloce, stavolta niente forno, che è già un indizio dell'aria che tira. Paolo si siede al solito posto e io mi metto di fronte a lui. Il silenzio si può affettare con il coltello e i sospiri di mia madre sono cosí forti da sollevare i tovaglioli di carta. Mi fissa come se avessi barato, non riesce a credere che l'idea della bravata sia partita da mio cugino e ha ragione. È sicura che è colpa mia e so che non smetterà di tormentarmi finché non avrò confessato. Alla fine i suoi occhi che mi accusano sono davvero troppo: esco come una furia. Una vera esplosione, nel silenzio opprimente della cucina.

– Vai di là anche tu, Paolo, – sento dire da zio Carmine. – Noi quattro dobbiamo parlare. E riflettete bene, intanto che decidiamo la vostra sorte. Usate la testa. Hai presente? Quella cosa tonda e inutile, piena di capelli, che vi è cresciuta sulle spalle.

E siamo di nuovo in soggiorno, lontani da occhi e orecchi indiscreti. Soprattutto quelli di Cettina, che zia Rosalba ha lasciato a casa della prima zia disponibile. Il divano letto è sfatto, per terra ci sono sacchetti di patatine vuoti e CD sparpagliati ovunque. I resti della nottata fra cugini, prima che spostassimo la festa al magazzino del supermarket. Sono esausto, non dormo da trenta ore filate, solo la rabbia mi impedisce di crollare sul divano.

So perché sono tanto arrabbiato. Ha ragione mia madre, dovrei alzarmi in questo preciso momento, tornare di là e confessare tutto quanto, dall'inizio alla fine. Solo cosí potrei togliermi l'enorme peso che ho sullo stomaco e tornare a respirare. I segreti della Famiglia sono diventati macigni e hanno coinvolto persone che non c'entravano niente... Ecco perché sono sempre piú infuriato e, a peggiorare la situazione, c'è che non ho il coraggio di ammetterlo. Ma non voglio che sulla faccia di mia madre compaia quella stupida espressione di trionfo. «Io lo sapevo. L'ho sempre saputo che mentivi». La rabbia è montata a tal punto che non sopporto nemmeno di vedere la faccia derelitta di Paolo, come se si fosse caricato sulla schiena tutti i problemi del mondo.

– Guarda che non te l'ho chiesto io, – mi sfogo. Non ce la faccio piú a stare zitto. – Anzi, senza di te ce l'avrei fatta, avrei curvato senza problemi. Come ti è venuto in mente di tirare il volante? Perché mi hai seguito? Potevi rimanertene a casa e fare finta di niente. A farsi i fatti propri si campa cent'anni. Me lo ha detto Mario, se proprio vuoi saperlo. Quindi non comportarti da eroe, nessuno ti ha chiesto di salvarmi! Hai capito?

Mi interrompe la vibrazione del telefono.

Guardo il display: Mario. È la terza volta che chiama da stamattina, senza contare tutti i messaggi che ha scritto. Non ha ricevuto la foto e pretende delle spiegazioni, ma possibile che non sappia ancora nulla dell'incidente? Potrebbe venire ad aiutarmi, invece di attaccarsi al telefono!

– Dovevo accorgermene prima –. Paolo rompe un silenzio che durava ormai da ore. – Uscivi sempre con quelli della piazza. Non ti facevi mai vedere, e io pensavo che fossi solo arrabbiato con me. Pensavo che, lasciandoti in pace, ti sarebbe passata.
– Smettila di fare la vittima! – esplodo. Travolgo mio cugino con una valanga di parole aspre e rancorose. – Non sei un cavaliere senza macchia! Sei solo un maledetto secchione che vuole farsi bello agli occhi di mamma. E, siccome la tua non ti basta, cerchi di conquistare anche le altre. Ma la tua bontà proprio non mi convince... Che cosa vuoi per esserti preso la colpa al posto mio? Perché ti sei messo in mezzo? Lo scherzo a tuo padre sarebbe riuscito senza problemi...
– Ma quale scherzo! Non hai capito niente, testa di tufo! È per il tuo bene che provo a darti dei consigli...
– Non accetto consigli da uno che il cellulare lo usa solo per parlare coi suoi. Uno che sta lontano dal motorino manco fosse una bomba. Il mondo è là fuori, te ne rendi conto? Ma tu non hai il coraggio di uscire e dimostrare chi sei. Preferisci restare attaccato alle sottane di mamma. Vedi di crescere!
– Che ne sai tu, di cosa vuol dire essere grandi? Sei solo un ragazzino viziato! – esplode Paolo. – Agli altri ci pensi mai? Ci pensi mai a cosa provano? E mentre tu fai il grandioso, ci pensi a chi si sbatte al posto tuo?
Resto sconcertato, non l'ho mai sentito urlare, giuro, alzare un po' la voce sí, ma mai sbottare cosí.
– Tua madre ti lascia fare tutto quello che vuoi. Magari non ti ha dato un cellulare, e allora? Tu non fai niente per lei. Prendi

solo. E ti lamenti lo stesso! Dici che ti tiene al guinzaglio, che ti tratta come un bambino... – Ha la faccia arrossata, stringe i punti lungo i fianchi. – E io, cosa dovrei dire? Sai cosa si prova a essere il fratello di un figlio perfetto? Uno che di errori non ne fa piú, di cui sarò sempre e solo un sostituto, la brutta copia, il mattone troppo leggero... Non sarò mai all'altezza di mio fratello, non sarò mai amato e apprezzato allo stesso modo.
Sento un tonfo, nella mia testa. – Quale fratello? – domando.
Paolo afferra dalla credenza una cornice: è la foto che lui stesso ha abbassato con un gesto di stizza, ieri notte.
– Sto parlando di Leonardo, te ne sei dimenticato? Perché a me non è permesso. Lui ha sbagliato, è morto, e io ne pago le conseguenze. La sua ombra mi segue ovunque.
Di colpo un *clic* mi rimbomba dentro e mi sento svuotato. La foto che Paolo mi piazza davanti agli occhi l'ho già vista, a Torino. Commemora *il cuginetto che non ho mai conosciuto*, me lo diceva mia madre, quando ero piú piccolo. È la stessa foto che ha intristito zio Carmine a casa di nonna Pina. Ci sono passato davanti... quante volte? venti? trenta? senza mai prestarci attenzione.
Leonardo era il fratello maggiore di Paolo. Avrebbe trent'anni ora, ma ha lasciato questo mondo un sabato mattina, prima che io nascessi. Dai racconti di mamma e papà era un ragazzo allegro, sempre sorridente, fissato con le barzellette... Annotava persino quelle di un vecchio programma che si chiamava *La sai l'ultima?*. Solo che gli piaceva anche correre in motorino, è stato cosí che se n'è andato.
– Ah, te lo sei ricordato? Bene! Cosí smetterai di lamentarti

di tua madre, e mi lascerai in pace! – Paolo sta tirando fuori tutto ciò che ha dentro. Spero solo che non si metta a piangere, sarebbe imbarazzante. – Perché un sacco di cose ce le avrò pure, ma non le posso usare. E se lo faccio devo seguire una lista di regole piú lunga del dizionario. Poi arrivi tu, e penso che finalmente succede qualcosa di diverso e invece no: il maggiordomo mi hanno fatto fare! E sai perché? Zia Sara era preoccupata per te! Sapeva di averti deluso, e lo ha detto a mia madre. Il resto già lo sai... Ora dimmi: quand'è che qualcuno si preoccupa di come IO mi sento? Mi piacerebbe tanto fare di testa mia, come dici tu, ma voglio troppo bene ai miei genitori. Non posso deluderli, non posso ignorare quanto stiano male al solo pensiero di vedermi salire in sella a una moto...

Resto a sentirlo fino alla fine e, mentre si sfoga, provo a immaginare come può essere stato, per lui, crescere... E non riesco a togliermi dalla testa che forse, se Leonardo non fosse morto, Paolo non sarebbe mai nato. Spero solo che lui non lo pensi sul serio...

E allora mi sento piccolo, tanto piccolo. Le mie lamentele non hanno senso, ha ragione lui. Non che io abbia una qualche colpa per la sua situazione, ma sono stato insensibile. Egoista. Stupido. Dovevo pensare, prima di parlare... Invece niente, non l'ho fatto e, non so ancora bene come, mi sono messo nei guai.

E chi mi ha aiutato? Mario? La Famiglia? No, mio cugino Paolo. Mi ha coperto le spalle e non ha chiesto nulla in cambio. Mi ha dato qualcosa di piú prezioso del denaro. Sento la faccia andarmi a fuoco, perché dei due ero io il bambino ca-

priccioso che lo spronava a crescere... Che presuntuoso! Come ho fatto a dimenticarmi di Leonardo?
Vorrei tanto chiedergli scusa e ringraziarlo, solo che non ci riesco. Le maledette parole mi escono subito, quando sono arrabbiato, mentre adesso restano attaccate al palato...
– Scusa, – dice Paolo, e rimette la foto in piedi sulla credenza.
– Ho perso il controllo.
Ecco, lui sí che ci riesce, perfino quando non dovrebbe. Allora penso che, se le scuse non mi vengono, almeno posso raccontargli cosa ho fatto nelle ultime due settimane... Anche questa è un'ammissione di colpa, credo.
E lo faccio: gli dico dell'impennata in piazza, della birra, del giuramento, dei lavoretti, delle tecniche «rodate nel tempo» di Mario che chiama scherzi, ma non fanno ridere. Sto violando una delle regole della Famiglia, lo so, e sto disubbidendo al mio amico, ma proprio mentre lo penso mi sembra strano usare quella parola. Perché a un amico si dovrebbe voler bene, non ubbidire.
– Mario non è stato sincero con te, – commenta Paolo alla fine del racconto, tormentandosi le dita. – Lo scherzo dell'auto, per esempio. Era un avvertimento per mio padre che ha smesso di pagare il pizzo qualche mese fa, e non lo *ammuccia*.
Una voragine si apre sotto i miei piedi. – Il pizzo? Stai scherzando?
– Credevi che la mafia fosse solo nelle storielle alla TV? – risponde lui, serissimo. – Siamo in Sicilia, Luca. La mafia è dietro l'angolo. I lavoretti che hai fatto... nascondono una prepotenza, piccola o grande, e gli affari di una Famiglia mafiosa, una cosca ecco. Papà e una manciata di altre persone hanno aderito

a un programma anti-racket: una rete di commercianti che si rifiutano di pagare il pizzo. Denunciano chi glielo chiede e sostengono le vittime. Si riconoscono dall'adesivo arancione che attaccano, hanno persino uno slogan che dice...
– «Un popolo che paga il pizzo è un popolo senza dignità».
– Come fai a conoscerlo?
– Christian, il kebabbaro. Me lo ha detto prima di cacciarmi dal suo negozio.
Ieri la mafia era solo una parola da aggiungere alla combo arancini-cannoli-sole-mare, spiagge di sabbia fine, ricotta fresca, granita al limone. Era solo un'espressione cosí tipicamente siciliana da non farci caso. Oggi è diventata reale. La mafia c'è, la mafia esiste. Non è piú materiale da TG della sera, da spot pubblicitario, da fiction di terz'ordine... Leggerne a scuola, studiarla sui libri, la rende lontana, mentre ora so che può essere cosí vicina da non sembrare vera. Almeno, a me non sembrava vera fino a poco fa.
– Ammettiamolo, l'idea del recupero crediti è geniale, – osserva Paolo. – Mario ha ragione quando dice che le tecniche sono studiate e rodate nel tempo. Non sei il primo a cascarci e non sarai l'ultimo, purtroppo.
Che stupido sono stato! E il fatto che ce ne siano altri non migliora certo la situazione...
– Quindi Mario è un vero mafioso?
– Non so se è già stato affiliato. Nella mafia, l'apprendistato può durare molto, ma i figli dei mafiosi, come Mario, vengono «combinati», vuol dire che sono spesso raccomandati e accorciano i tempi. Imparano l'attività criminale facendo da «palo» per il controllo di una strada, o spacciando droga

fra una corsa in motorino e un calcio al pallone. E nel lavoro sporco l'età può essere un vantaggio, se ti beccano, intendo. Lavoro sporco. È questo che facevo?
No... Non ci credo. Non può essere successo davvero a me.
– Come fai a sapere tutte queste cose? – chiedo a mio cugino. Ho la voce bassa, perfino parlare mi costa fatica.
– Io a Petramonica ci vivo tutto l'anno. Leggo. Ascolto. Guardo. Ti sei accorto che la gente comune evita il bar Cannizzaro? Ma chissà perché la combriccola di Mario ci va senza problemi...
Le parole di Paolo mi aprono gli occhi definitivamente. Per la prima volta, tutti i pezzi del puzzle vanno al posto giusto. Gli sguardi sospettosi, le domande, i doni, i privilegi... Mario mi ha usato per sollecitare il pagamento del pizzo ai commercianti di Petramonica. I «lavoretti» mi hanno fatto guadagnare un sacco di soldi, è vero, ma ogni volta tornavo a casa con un senso di fastidio, un sassolino in fondo allo stomaco che ho ignorato.
– E adesso? Cosa posso fare?
– La situazione è piú complicata del previsto. Se è la Famiglia che credo io, abbiamo bisogno di aiuto –. Paolo fa un cenno in direzione della cucina. – Chiediamo a loro?
– Stai scherzando? Mia madre mi ucciderà.
– Hai un'idea migliore?
Fisso Paolo. Non ho nessuna idea e non sono piú sicuro di niente.

Capitolo 19

Piú tardi, arriva il verdetto.

– *Assittatevi*, – ordina zio Carmine.

Mette la caffettiera sul fuoco e si ferma accanto ai miei genitori. Dalle facce immagino che ci sia stata una lunga discussione e che non tutti siano d'accordo sulla decisione presa. Mia madre, per esempio. Il suo silenzio è innaturale, mi innervosisce piú di quando urla.

– Allora? Per quanto tempo ci seppellite in casa? – taglio corto, a costo di prolungare la pena.

Il portavoce della giuria è zio Carmine.

– Crediamo che sia meglio non farlo.

– Credete, non crediamo, – specifica mia madre.

– Uscirete solo sotto stretta sorveglianza, – continua lui. – E solo per svolgere i lavori che decideremo giorno per giorno. Imparerete che i soldi non crescono sugli alberi, ci vuole sacrificio. Domattina, tanto per cominciare, verrete in campagna con me a raccogliere gli ultimi pomodori, a estirpare le piante e a zappare. Preparatevi a sudare e a sporcarvi le mani. Soprattutto tu, Paolo.

– Oh, ma non finisce cosí, – interviene mamma. – Verrete ad aiutarmi con la nonna per farle il bagno.

– Sei impazzita? Che schifo! – esclamo. La nonna no! Quella è capace di affibbiarmi tutti i nomi del mondo tranne il mio...

– Ero sicura che avresti apprezzato.

È il turno di zia Rosalba. – Poi verrete in erboristeria.
– Dobbiamo fare tutte queste cose domani mattina? – si agita Paolo, da bravo secchione.
– Certo che no, sciocchino. In erboristeria verrete al pomeriggio. È da tre mesi che rimando l'inventario, ci sono da spostare gli scatoloni, contare i prodotti e, già che ci siamo, dare anche una pulita. Il retro è pieno di polvere.
– Io non ho niente da farvi fare, – dice papà. – Per cui andrò a offrire la vostra manodopera ad amici e parenti. Sono sicuro che ci saranno erbacce da eliminare, cortili da ramazzare, steccati da verniciare e tante altre cose che salteranno fuori di certo, cosí andrete anche a trovare il resto della famiglia.
Io e Paolo siamo diversi, ma non c'è dubbio che ora stiamo pensando la stessa cosa: era meglio finire chiusi in casa.
– Oggi pomeriggio mi aiuterete a mondare le fave, – conclude zia Rosalba. – Mi raccomando, anche la seconda pellicina.
E cosí sbucciamo fave per non so quante ore, troppe in ogni caso. Alla fine ci sdraiamo sul divano, sperando che non le venga in mente un altro infernale lavoro da farci fare. Io però, mentre sbucciavo, ho avuto un'idea.
– Questa punizione arriva al momento giusto, – bisbiglio a Paolo.
Lui solleva la testa dal bracciolo. – Tu dici?
– Stavamo cercando una soluzione al nostro problema con la Famiglia...
– Forse volevi dire il TUO problema.
– Quanto sei pignolo. Il punto è che non avrò tempo per la Famiglia.

– E cosa dirai a Mario?
– La verità. Che di lavoretti ne ho già abbastanza per conto mio e non posso farne altri, che sono sorvegliato a vista e sono costretto a ritirarmi. Come risarcimento, gli restituisco i soldi che abbiamo guadagnato insieme, ne tengo giusto un po' per pagarci da bere ogni tanto al bar Eraclea... Che te ne pare?
Paolo ha una faccia disgustata da manuale. – Io non li voglio i soldi sporchi.
– E che cosa dovrei farne?
– Perché non li dai a mio padre? Al programma «Addio pizzo» si possono fare delle donazioni, magari tornano nelle tasche delle persone a cui sono stati sottratti.
Non ci avevo proprio pensato, i soldi mi mandano ancora in confusione...
– Comunque il tuo piano non funzionerà, – aggiunge lui, secco. – Per entrare nella Famiglia hai superato una prova e giurato. Non ti permetteranno di uscirne cosí facilmente.
– È proprio questo il punto! Non ne uscirò, sarà come presentarsi all'ora di educazione fisica con la giustificazione... Gli dirò che non posso partecipare alle attività della Famiglia per cause di forza maggiore e stop, fratelli come prima ma senza lavoretti.
– Per sicurezza, è meglio se gli parli in presenza di qualcuno.
– Sai che non posso farlo, è una delle regole di Mario –. Sospiro, mentre la tasca vibra. Controllo che zia Rosalba non sia nei paraggi e prendo il cellulare, leggo il nome sul display.
– Parli del Diavolo...
– Di nuovo! A quanti messaggi siamo arrivati?
– Ho perso il conto.

Sto ancora pensando alle ultime parole di mio cugino: ha ragione, devo stare alla larga da Mario. Di colpo mi viene un'illuminazione.
– Sai che faccio? Gli scrivo un messaggio. Gli spiego che sono in isolamento, ed è già un miracolo se riesco a mandare SMS ogni tanto, per il resto niente amici, email o telefonate. Cosí non lo devo incontrare di persona.
L'espressione di Paolo non è per niente incoraggiante... E ancora mi sembra tutto cosí incredibile... che io abbia a che fare con la mafia, intendo, ma so riconoscere un guaio quando ci finisco dentro. E questo è decisamente il piú grosso che mi sia capitato.

Mando a Mario un messaggio cosí lungo che lo devo spezzare in otto parti. Gli racconto dell'incidente, senza accennare all'intervento di Paolo, ovvio, e gli spiego la punizione che durerà fino al giorno del ritorno a Torino. In sintesi: niente lavoretti, niente bar Cannizzaro, niente piscina, niente di niente.
Ne riparliamo a voce, scrive lui nel messaggio di risposta, ma io non capisco proprio che altro c'è da dire. E comunque sono davvero circondato dai miei o dai parenti per tutto il tempo, tanto che mi sento perfino un po' al sicuro, lo ammetto. Peccato che poco dopo comincio a credere di essere seguito.
La prima volta capita mentre infilo la spesa nel bagagliaio della Punto. Sto per chiudere il portellone, quando vedo Tano seduto alla fermata dell'autobus. Ha una canottiera candida che gli scopre le braccia muscolose. Mi fa un gesto, come a dire che fa caldo, e infatti è seduto all'ombra e sorseggia una Lemonsoda, la riconosco dall'inconfondibile lattina nera con le scritte gialle.

Non faccio in tempo a rispondere con un sorriso tirato che arriva papà e mi chiede: – Cosa hai visto?
– Niente. Invidiavo quel ragazzo all'ombra.
Stranamente papà resta immobile. Lancia un'occhiata verso la fermata dell'autobus, poi mi fissa in un modo che mi fa sentire strano.
– È uno dei tuoi amici?
Automaticamente scuoto la testa. Non so nemmeno perché ho negato, o forse sí. Nel suo tono c'era qualcosa che mi ha fatto avvertire una specie di pericolo. O qualcosa del genere, in effetti non ne sono sicuro. Ma dura giusto il tempo di entrare in macchina.
– Torniamocene a casa, che c'è l'aria condizionata.
Smetto di pensare a Tano, solo che poi lo rivedo anche in campagna, mentre do una mano a zio Carmine. Mi fermo un attimo per asciugarmi il sudore, ed eccolo che fuma una sigaretta sul ciglio della statale, scrutando l'appezzamento di terreno dall'alto. Si gode lo spettacolo seduto sul motorino, col cavalletto tirato. Non mi fa neanche un cenno: guarda e basta.
Tano mi sta sorvegliando, e non è il solo. Al mercato riconosco Pasquale, è di schiena e guarda il banco dei CD masterizzati ma non è un caso. E infatti subito dopo lo vedo appoggiato alla ringhiera dei giardini della posta. Smette di controllarmi soltanto per fissare lo schermo del cellulare. No, il caso non c'entra niente, c'è un membro della Famiglia di Petramonica ogni volta che alzo lo sguardo...
Un giorno Tano mi avvicina direttamente. Alza gli occhiali da sole e mi rivolge un saluto entusiasta, falso come i suoi CD.
– Ehi, torinese! Ce la beviamo una cosa al bar?

– Sto aspettando mio padre. Appena esce dal calzolaio, ce ne torniamo a casa, – rispondo. – Non mi molla un attimo.
– Sarà per la prossima volta.
E tutto finisce con lui che sorride e se ne va.
– Ma quello non l'abbiamo già incontrato? – chiede papà, facendomi sobbalzare. Ha un paio di scarpe eleganti in mano, appena risuolate.
«No, affatto», vorrei dirgli. Ma, intanto che m'invento velocemente una risposta, lui fa un lungo sospiro. Stringe gli occhi e continua a parlare, pensieroso.
– Al tuo amico gliel'hai detto che sei in punizione? Perché è inutile che si presenti a casa per convincere me o tua madre, tanto non esci.
– No, certo. Si è fermato solo per un saluto.
Papà mi ha facilitato le cose. Non ho dovuto nemmeno dire bugie. Eppure, di nuovo, avverto qualcosa di strano. Non mi ha guardato in faccia, mentre parlava. E lui lo fa sempre. Giurerei che stava per dirmi dell'altro. Però non l'ha fatto.
E io torno ai miei problemi, quelli con le sembianze di Mario protagonista di una storia decisamente piú complicata perché lui, a differenza degli altri fratelli, ha provato a telefonarmi un milione di volte. Il cellulare squilla tanto che lo devo tenere silenzioso, per via dei miei genitori, perché se lo scoprono allora sí che la situazione precipita del tutto...
Dal momento che non gli ho mai risposto a voce, Mario è passato ai messaggi, all'inizio facendo domande come: *Ke fine hai fatto? T offro 1 birra? Qnd facciamo 1 partita? Sai ke Betta ti vuole?*
Poi si è fatto piú insistente: *Vuoi lavoretti x dom? Ke dico a Totò?*

Alla fine, sono spariti i punti interrogativi: *Stas riunione grp vieni! Non fare l'infame!*
Io mi aggrappo ogni volta a una scusa nuova, che poi è tutto vero, può pure venirmi a cercare e controllare di persona. Ma quanto può durare ancora? Certo, posso parlarne con i miei genitori e ammettere la mia stupidità, ma è piú forte di me: i grandi se la cavano da soli, senza chiamare mamma o papà.
La situazione, però, è davvero insostenibile, mi sento osservato appena metto il naso fuori di casa... Cosí un pomeriggio decido: o stavolta o mai piú, e mi faccio coraggio. Fingo di non aver mai visto l'adesivo arancione all'erboristeria, e chiedo a zio Carmine: – Cos'è il pizzo?
– Che ne sai tu, del pizzo?
– C'è scritto sulla porta. *Addio pizzo.*
– Ah, quello –. Sospira. – Avrai già sentito la parola mafia.
– Sí, a scuola.
– Credimi, Luca, la mafia è un'organizzazione feroce, spietata, quasi impossibile da battere. Cosí sfacciata da entrare in un negozio e dire al proprietario cose come: «Ogni mese devi darci dei soldi e in cambio noi ti proteggiamo, ma se non accetti, ti bruciamo il negozio con la benzina, o gli mettiamo una bomba, ma soprattutto non rivolgerti alla polizia, te ne pentirai». E non importa che il proprietario abbia ottenuto tutti i permessi e sia in regola con le tasse... La mafia ha una legge tutta sua. La legge del piú forte.
Mille aghi mi si conficcano nel petto. Le parole dello zio sono familiari, molto vicine alla formula che mi ha insegnato Mario. Non c'è proprio dubbio: quelli che lui chiama scherzi,

sono minacce in piena regola. Come ho fatto a non accorgermene prima?

– Se il proprietario si mette paura, sai che succede?

– Ehm... paga?

– E se, come lui, si mettono paura anche gli altri?

– Pagano tutti.

– Pagano la *mesata*. Si chiama cosí, anche se non è proprio ogni mese. E, dopo tanto tempo, non ci fanno neanche piú caso alla prepotenza, diventa come pagare una bolletta. A forza di accettarla, non vedi piú l'ingiustizia. Per tanti anni la Sicilia ha piegato la testa alla legge del piú forte. I mafiosi erano rispettati come sindaci e poliziotti. Molti lo sono ancora adesso, purtroppo, ma i siciliani stanno alzando la testa.

– È una questione di dignità? – domando, ricordando le parole del kebabbaro Christian.

– Esatto, Luca. La campagna «Addio pizzo» si fa portavoce di una rivoluzione culturale contro la mafia. È formata da tutti i commercianti, le donne, gli uomini, ragazzi e ragazze che hanno la dignità di non accettare l'ingiustizia. E la denunciano.

È stata una buona idea chiedere allo zio, ora piú che mai ho bisogno di sapere tutto. Insisto: – Ma come si fa a riconoscere un mafioso?

– Questo è un problema. Un mafioso può essere vestito da macellaio, da dottore, da impresario, persino da carabiniere. È solo uno dei motivi per cui ti ho detto che la mafia è quasi impossibile da vincere. Hai qualche altra domanda?

Ecco, anche se lui non lo sa, questo è un momento molto

delicato, per me. Annuisco. – Se un mafioso capisce di aver sbagliato, come fa a uscire dalla mafia?
– Un buon metodo è il suicidio.
– Non dirai sul serio?
– I mafiosi lo considerano un gesto d'onore, una prova di coraggio. Usano spesso la parola «onore», ma ne hanno distorto il significato. Alcuni mafiosi, rinunciando alla propria vita, hanno protetto quella dei familiari. Te l'avevo detto che sono bestie e che non è un gioco, per niente.
Dalla mia faccia deve aver capito che sono sconvolto, allora continua: – Altrimenti bisogna pentirsi. Significa consegnarsi alle forze dell'ordine, confessare le proprie malefatte e dichiararsi pronti a dare ogni informazione che possa aiutarle a combattere la mafia. Le regole, l'organizzazione, il giuramento, tutto...
– Il g-giuramento? – bofonchio.
– Per diventare un vero mafioso bisogna giurare. Alla fine di un periodo di prova con il quale il boss verifica se si può fidare di quella persona, oppure no... – Si interrompe, poi mi fissa, come se finalmente si fosse accorto della mia presenza. – Hai visto qualcosa di strano, che mi fai tutte 'ste domande?
– Volevo... non si vedono cose del genere, a Torino.
– E meno male, Luca. Meno male. Ora dobbiamo proprio andare ma, se vuoi, un'altra volta ne riparliamo –. Lo zio mi fissa cosí intensamente che faccio un passo indietro. – In ogni caso, fai attenzione, e avvertimi subito, se hai qualche problema. O se vuoi chiedermi altro. Subito.
Faccio un cenno con la testa, non ho la forza di fare altro. Volevo informazioni? Le ho avute, non c'è che dire. Solo che...

suicidio o arresto? Che razza di opzioni sono? Seguo lo zio come uno zombie, trascino le gambe, totalmente svuotato. Anche le braccia pendono lungo i fianchi. Gli occhi, invece, sono sbarrati, fissi sull'adesivo arancione.
Mentre usciamo dall'erboristeria, zia Rosalba nota il mio stato e mi blocca costringendomi a sedere sulla poltrona di pelle della scrivania. Secondo lei potrebbe essere un colpo di calore e a nulla servono le mie proteste, cosí zio Carmine fa una specie di saluto militare e s'incammina a piedi. Rassegnato, faccio del mio meglio per calmarmi. Ho la testa piena di pensieri, tutti terribili.
Zia Rosalba sparisce nello stanzino sul retro.
– *Signuruzzu beddu!* – esclama al suo ritorno con un bicchiere d'acqua in mano. – Ho finito lo zucchero, vado al bar. Tu non ti muovere.
– E se arriva un cliente, che gli dico?
– Gli dici che aspetta. La famiglia prima di tutto!
La zia se ne va e rimango da solo. Ne approfitto per chiudere gli occhi, appoggiando la testa allo schienale della poltrona. Cerco di mettere un po' di ordine: la Famiglia di Mario... è la stessa Famiglia di cui hanno parlato Paolo e zio Carmine? È davvero una Famiglia mafiosa, una cosca? Certo, il giuramento era strano forte, ma forse mi sono spaventato per niente... dopotutto siamo solo ragazzi!
Sento bussare alla porta, lievemente.
Apro gli occhi di scatto. – La dottoressa arriva subit...
Le parole sfumano in un farfuglio indistinto.
Sulla porta non c'è un cliente qualsiasi.
Anzi, non c'è nessun cliente. C'è Mario.

Capitolo 20

– Chi non muore si rivede. Posso entrare?
È inutile rispondere: Mario è già entrato. Indossa una maglietta mimetica, bermuda di jeans scoloriti sulle cosce e Adidas nere senza lacci con le punte chiare. Si guarda intorno come se non avesse mai visto un'erboristeria, prende un flacone, lo scuote, lo apre. Storce il naso dopo averne annusato il contenuto, lo mette via e ne prende un altro.
Cerco di restare calmo. – Cosa ci fai qui?
– Sono venuto a trovarti. Mi interesso di te.
E già mentre lo sento parlare mi tornano in mente gli ultimi messaggi ricevuti: se anche non lo dà a vedere, non è di certo cosí tranquillo come sembra.
– Perché non sei venuto prima, allora? È facendo il tuo lavoretto speciale che sono finito in questa situazione.
La testa mi sta scoppiando. Per quanto abbia cercato di evitarlo, ha trovato il modo di parlarmi a quattr'occhi e so che devo stare attento a scegliere ogni parola, non voglio che sappia di Paolo, e non voglio sembrare nervoso né intimorito.
– Ho aspettato che tornasse la calma. Un uccellino mi ha detto che ti hanno interrogato. Bene ti sei comportato?
– Non ho fatto il tuo nome, se è questo che intendi.
Mario si avvicina di qualche passo con il volto tirato, gli occhi di ghiaccio. – E cos'altro non hai detto?

– Della Famiglia non ho parlato. Mi sono inventato la storia che volevo provare a guidare una macchina e che ho aspettato che tutti dormissero per prendere le chiavi di nascosto, perché altrimenti nessuno me lo avrebbe fatto fare.
– E tuo cugino, Paolo? Che ci faceva in auto con te?
Non me l'aspettavo e non ho idea di come faccia a saperlo. Ci penso bene prima di rispondere, c'è di mezzo mio cugino.
– È salito all'ultimo momento e non potevo fermarmi per farlo scendere...
– Perché no?
– Perché non so guidare la macchina! – esclamo. – A malapena sono riuscito a partire. È questo che volevi sentire? Sei venuto a prendermi in giro anche tu, fratello?
– Calma, calma... – Mario si acciglia. – Non sei tu quello che si deve arrabbiare. Vengo a sapere che hai parlato agli sbirri insieme a tuo cugino e dopo sparisci. Non rispondi alle chiamate, ai messaggi e, quando ti decidi a farlo, mi dici che sei impegnato. Anzi, sei sparito proprio. Me lo dici che cosa deve pensare, uno come me?
Mi mordo le labbra. Non posso sbagliare questa risposta.
– Uno come te... – inizio, senza mai staccare gli occhi dal suo volto, – ...deve fidarsi del fratello che lo ha coperto con i carabinieri, mantenendo fede al giuramento della Famiglia.
Rimaniamo tutti e due in silenzio. Ci studiamo.
– È questo che volevo sentire, *cornutazzo*!
Mi rifila un ruvido abbraccio scompigliandomi i capelli, poi si lascia andare a tutta una serie di esclamazioni in dialetto che non capisco. Riconosco solo la parola amicizia e realizzo di averla usata anch'io, ma senza conoscerlo veramente. E lui

non conosce me, un vero amico saprebbe che non sopporto di essere toccato in quel modo.
Cerco di accompagnarlo alla porta, ma lui non si muove.
– Non ho ancora finito, – dice tornando serio. – Sono venuto a dirti che hai ricevuto il compito piú importante di sempre. Durante la festa di san Calogero, le due onorevoli Famiglie di Petramonica e Rocca Mezzana si riuniranno per uno storico accordo... – Non lo lascio finire. Mi scatta qualcosa, dentro, che non riesco a controllare. – Famiglie mafiose? – domando. Basta allusioni, deduzioni e risposte a metà. Ha ragione Paolo? Mario è davvero coinvolto con la mafia? Devo saperlo. Lui mi fa cenno di avvicinarmi e io ubbidisco, anche se ho il cuore che scalpita dal desiderio di fuggire. Fingermi tranquillo diventa sempre piú difficile.
– Chiariamo una cosa, – mi sussurra con l'alito che puzza di nicotina. – Quella di cui parli è una cosa che appartiene a noi e a nessun altro. È cosa nostra. Come i nostri affari.
– Cosa Nostra è un altro nome della mafia! – esclamo, e per un pelo non alzo la voce. – Mi hai mentito. Che fine hanno fatto le regole?
– Le regole dicono che bisogna saper tacere. E non solo con gli estranei, ma anche con gli altri affiliati. Non si diventa uomini d'onore da un giorno all'altro, sappilo, e tu sei stato fortunato: mi sono assunto io l'incarico di seguirti. Ho verificato di persona se sei audace, se sai controllarti, se sai farti rispettare...
– E la storia del recupero crediti?
Mario alza il mento. – Quello facciamo. La Famiglia protegge i commercianti in cambio di una giusta somma di denaro.

Non come il governo, che li costringe a pagare le tasse senza nulla in cambio –. Agita le braccia sempre piú infervorato.
– E non fare il finto tonto con me! Hai visto tutto, cosa pensavi che facessimo?
Già, Mario ha ragione: una parte di me se lo sentiva. C'era una specie di ombra negli sguardi delle persone che si rassegnavano ai nostri «scherzi», io l'ho vista ma ho finto di non farci caso. Ho ignorato l'angoscia, la paura, e ho preso i regali. Ho intascato i guadagni, i soldi sporchi, come li ha chiamati Paolo.
Rimango zitto. Ma vorrei sbattermi la testa contro il muro.
– Ora che hai scoperto l'acqua calda, ascoltami bene, – mi incalza Mario. – I ragazzi della Famiglia saranno gli *acíeddi* che avviseranno i soldati di qualsiasi movimento sospetto alla festa di san Calogero.
– Soldati?
– Gli uomini d'onore. Li chiamiamo cosí quando sono all'opera.
– E io cosa c'entro?
– Noi due abbiamo un compito speciale: dobbiamo ritirare una cassa a Porto Empedocle e consegnarla ai soldati che si occuperanno di assicurare la tranquillità dei boss.
Mi sento soffocare: boss, soldati... Pensavo che la mafia fosse brutta, ma era anche lontana, era il problema di qualcun altro... E invece non sapevo niente!
Faccio un disperato tentativo. – Sono in punizione, i miei non mi faranno mai venire a Porto Empedocle.
– Questo è un problema tuo. Non ti ho chiesto se volevi accompagnarmi. Lo farai, punto e basta.
Scuoto la testa. – È impossibile...

– E tu rendilo possibile. La Famiglia si fida di me. Non farmi fare brutta figura, – mi avverte, stringendomi un braccio fino a farmi male. – Se non ubbidisci, attento a te. Attento ai tuoi genitori, a tuo cugino Paolo. E questo negozio... *boom!*
– S-stai s-scherzando? – balbetto. La stretta si chiude, il braccio mi pulsa e, a ogni battito, mi appaiono i volti di mamma, papà, nonna Pina, zia Rosalba, zio Carmine, Paolo, Cettina...
– Secondo te scherzo? – Mario è una maschera di granito, implacabile.
No, per niente. Ma io non voglio ubbidire, non voglio restare nella Famiglia. Voglio soltanto tornarmene a Torino, o magari affondare la faccia in un cuscino e risvegliarmi da quest'incubo.
– Lasciami stare, – lo imploro. – Giuro che non dirò nulla. Io non tradisco, non faccio la spia... non ho parlato della Famiglia, e ti ho coperto le spalle, no? Me lo devi!
– Hai fatto solo il tuo dovere. E sei tu che ti devi sdebitare... Ti ho pagato ogni genere di bevanda o divertimento. Ti ho fatto conoscere belle ragazze, ti ho prestato il mio scooter, ti ho insegnato a impennare... Devo continuare?
Sostengo lo sguardo, piú per orrore che per forza d'animo.
– È il momento di restituire i favori. E ricorda: dalla Famiglia non si esce. O resti, o la tua vita non dura a lungo.
Mi sento come una statua di cera vicina al fuoco. Il calore ha cominciato a danneggiarmi fin dall'inizio, ma solo ora che le gambe si stanno sciogliendo mi accorgo di crollare.
All'improvviso, dalla strada arriva il vociare di una lite. Zia Rosalba!
Mario mi molla il braccio e fa spallucce. – Tano sa impedire che ci disturbino. Noi due ci vediamo domenica dal benzi-

naio, alle tre in punto. Sai già che cosa succederà se non ti presenti. Stammi bene, *frati*.
Fisso la sua schiena finché scompare oltre la soglia del negozio. Tano sta facendo per Mario la stessa cosa che facevo io: tiene la gente fuori mentre lui minaccia il malcapitato di turno. Bei lavoretti che facevo, complimenti, Luca!
– *Li mangiassero li cani!* – strilla zia Rosalba, precipitandosi all'interno dell'erboristeria. – Non voleva farmi entrare!
Mi raggiunge e mi osserva con attenzione. – Ma tu lo conosci quello? Cosa voleva?
– Oh, niente d'importante, – dico subito con la lingua felpata. – Abbiamo giocato a calcio insieme un paio di volte. Ma ora come ora un'altra partita me la sogno, gliel'ho detto.
Lei si guarda intorno. Forse controlla se in negozio è tutto a posto, poi torna a fissarmi, seria. – Bene, perché quel *caruso* mi piace poco. Anzi, pochissimo. Meglio se lo lasci perdere, chiaro?
In un'altra circostanza, il suo suggerimento, se cosí si può chiamare, avrebbe suscitato la mia reazione. Decido io quali amici frequentare, non mia madre, tantomeno zia Rosalba. Ma questa volta deglutisco amaro. Ha ragione, che quasi lo vorrei urlare. Non avrei mai creduto di arrivare a tanto, ma sí, se potessi tornare indietro, ubbidirei senza nemmeno fiatare. Accidenti a me!
– Zia, ora lo berrei proprio, quel bicchiere d'acqua e zucchero.

– Sono in un mare di guai, – mi dico allo specchio.
Vorrei dare una testata alla mia immagine riflessa... ma non mi servono altri problemi, soprattutto perché ho bisogno di uscire nel caso decidessi di presentarmi all'appuntamento con Mario. Ci ho pensato tanto, ne ho persino parlato con Paolo. Secondo

lui non devo andarci per nessun motivo e mi ha tirato fuori lo stesso discorso su «alzare la testa» e «dire basta» che già mi ha fatto zio Carmine. In realtà sono d'accordo con loro, solo che stavolta è della MIA famiglia che si parla, li ho visti gli occhi di Mario mentre mi diceva: «Attento ai tuoi genitori, a tuo cugino...». Se succede qualcosa, a chiunque di loro, io... io...

– Sono in un mare di guai, – ripeto allo specchio. – Perché ho giurato, e adesso sono nella Famiglia. E perché quel carabiniere è di là in cucina e chiede di salutarmi.

– Hai finito, o no? – urla mia madre.

Ho preso piú tempo possibile, sperando che Cosimo perdesse la pazienza e andasse via. Figuriamoci, non si è arreso e anzi, nell'attesa si è preso una fetta di dolce, il caffè, e se continua cosí me lo ritrovo anche a cena. Mi vengono i brividi, meglio se esco subito.

Poso un braccio sullo stomaco ed entro in cucina.

– Alla buon'ora! Ti senti bene?

– Piú o meno, – accenno una smorfia.

Guardo la cucina deserta e mamma mi fa un cenno sbuffando. – Sta telefonando sul marciapiede. Vallo a salutare, cosí lo intrattieni, intanto che io e tuo padre aiutiamo la nonna a scendere.

Anche nonna Pina abita in una torre di stanze, solo che è piú bassa della nostra, e dorme al primo piano, cosí c'è una sola rampa di scale da fare. Ma ci vogliono lo stesso due persone a portarla giú, una l'abbraccia da dietro, e l'altra la tiene davanti. Mamma si inerpica al primo piano e io sono pronto a tornare in bagno di corsa, quando dalla tenda per le mosche spunta la faccia di Cosimo. – Ecco il mio figlioccio!

Mi infastidisce tutta quella confidenza e gli lancio un'occhiata non proprio amichevole.

– Era tanto per dire, – commenta. – Il tuo padrino è un altro, ma sono cosí felice di vederti che non ho saputo trattenermi. A proposito di padrino... sulla mia proposta hai riflettuto?

Già, la proposta di spifferargli tutti i fatti miei... In realtà, ci ho pensato subito dopo aver confessato della Famiglia a Paolo, perché lui mi ha consigliato di parlarne con un adulto e io avevo il biglietto da visita di Cosimo in tasca. Ero sul punto di usarlo, ma per fortuna non l'ho fatto, perché adesso le cose si sono complicate.

– Lo so che ti sei messo nei guai, – dice tirandomi lontano dalla porta. Ci piazziamo accanto al garage.

– Ti dirò esattamente cosa penso. Sono sicuro di aver trovato la breccia attraverso cui sfondare il muro di gomma intorno alla cosca di Petramonica. Sai che cos'è una cosca?

A scuola ci hanno spiegato che la cosca è la fitta corona di foglie attorno al carciofo, lo protegge proprio come fa un raggruppamento stretto di mafiosi, una Famiglia.

– Sí, ma non so cos'è una breccia, – ammetto.

– La mia breccia sei tu, Luca. O meglio... – si corregge, strizzandomi l'occhio. – Il tuo amico Mario. Sono convinto che sia molto vicino alla cosca, e attraverso lui posso ottenere informazioni importanti. In una società fondata sul segreto, la parola detta o non detta è tutto. Può fare la differenza fra la vita e la morte. Lo capisci?

Non riesco ancora a fidarmi di lui, prima di Mario forse lo avrei già fatto da un pezzo, non lo nego. Stringo i denti. – Che cosa vuole da me?

– Dimmi quello che sai sul tuo amico e il suo gruppo. Ruoli, incarichi, orari, spostamenti. Aiutami, Luca, e aiuterai te stesso e la tua famiglia. Questo non è un gioco per ragazzini. Non te ne parlerei se non fosse estremamente importante.
Le sembianze di un gioco, la Famiglia, le ha perse già da un pezzo, sin dalle prime minacce, anche se forse nemmeno volevo ammetterlo. Ma raccontare tutto a Cosimo fa di me un traditore? Una spia? Qual è la cosa giusta da fare? Non lo so piú, davvero, specie perché ho un pensiero che mi ronza in testa: zio Carmine ha detto che i mafiosi possono essere persone normali, un macellaio, un dottore, persino un carabiniere... E Cosimo non è proprio un carabiniere? Sono stato interrogato anche da altri con la sua stessa divisa, ma nessuno ha tirato in ballo la mafia, e non capisco perché lui insiste tanto... e se fosse tutto un bluff? Magari l'amico di papà è d'accordo con Mario, o con la Famiglia, e mi sta mettendo alla prova... Come faccio a sapere che non sta facendo il doppio gioco?
L'unica risposta che riesco a darmi è che non lo posso sapere, e decido di non parlare. In questo gioco ci sono troppi interrogativi, e non posso piú tirarmi indietro o ci andranno di mezzo altre persone. Quanto sono stato stupido, quanto...
– Io non ho proprio niente da dirle. Ora mi lascia andare?
Cosimo mi scruta attentamente. È livido in volto.
– Il *nenti vitti, nenti sacciu* è il peggiore dei peccati. Stai attento, Luca. *Non t'ammiscare cu chissi!* – mi avverte. – Potresti non avere altre occasioni per rimettere a posto le cose.
Lo scoprirò fin troppo presto, perché ho deciso che andrò all'appuntamento con Mario.

Capitolo 21

Domenica pomeriggio.
Papà si mette alla guida della sua auto, io salgo accanto a lui e carico lo zaino in mezzo alle gambe. Partiamo.
Lui mi passa una bottiglietta d'acqua e io ne bevo metà senza mai staccarmi. Ma non è il caldo che mi preoccupa: Mario mi aspetta dal benzinaio alle tre e io sto andando ad aiutare zio Benito con uno stupido muro di mattoni...
Provo ancora a far cambiare idea a mio padre, dopotutto oggi è la festa di san Calogero, l'unica a cui valga la pena di partecipare in questo posto...
Ma lui è inflessibile e s'infila nel traffico. – Ricordatelo, la prossima volta che ti viene in mente di rubare un'auto con tuo cugino.
– Sí, ma perché deve farlo proprio oggi?
– Sai com'è zio Benito... Quando si mette in testa una cosa, non c'è verso di fargli cambiare idea.
Zio Benito è il maggiore dei fratelli Padalino, ha una settantina d'anni e la testa calva, piena di macchie che vengono quando si diventa vecchi, o cosí mi ha spiegato mamma. Si veste ogni giorno come se dovesse andare in chiesa, con pantaloni eleganti, camicia, bretelle e scarpe di pelle lucida. L'apparecchio acustico completa il look da bodyguard dell'ospizio. Oh, è quello che sembra! Poi se sente dire una cosa

qualsiasi, lui ne racconta vita, morte e miracoli; non si ferma piú.
Noto che stiamo facendo una strada diversa dal solito.
– Perché stai passando di qua? – chiedo.
– Per non rimanere bloccato in centro. Anzi, facciamo che ti mollo dallo zio e torno subito indietro a prendere tua nonna e tua madre. La messa di san Calogero inizia fra meno di un'ora.
Il paese ferve di attività. Le bancarelle scendono dalla piazza e arrivano fino alla rotonda piccola del benzinaio guardone, sono cosí ravvicinate da formare un tunnel. Si capisce subito che non è il solito mercato del giovedí, è molto piú grande. Ci sono commercianti che vengono da lontano e visitatori che ciondolano per il paese con larghi cappelli colorati, in cerca delle chiese che qualche volantino turistico ha dichiarato imperdibili. Gruppi di bambini scalmanati entrano ed escono dai giardini della posta, carovane di vecchietti si affollano intorno alla bocciofila con i loro bastoni.
Ci lasciamo tutto alle spalle, costeggiamo il palazzetto e sbuchiamo nella zona industriale, tagliamo il paese dall'alto in basso senza nemmeno una curva, finché ci fermiamo davanti a una casa intonacata di fresco e circondata da aiuole fiorite: garofani bianchi, tagete arancione scuro e d'un giallo brillante, ma anche bocche di leone multicolore. Zio Benito faceva il muratore, da giovane, e ci tiene a tenerla in condizioni perfette. Ma non è lí che devo aiutarlo con il muro. Una ventina di metri piú su, c'è una casetta mezzo diroccata, fatta di una sola camera, una specie di rimessa per gli attrezzi che lo zio vuole sistemare.

– Se Benito non ti risponde subito, insisti, – spiega papà, mentre raggiungo il citofono. – Magari ha spento l'apparecchio per farsi un riposino. Io scappo, ti vengo a prendere alle sei. A casa ti fai una doccia, ti cambi e voliamo alla processione.

Saluto papà e fingo di suonare il campanello, giusto il tempo di vedere la Punto sparire in fondo alla via. Poi suono davvero.

Zio Benito si affaccia alla finestra del secondo piano dopo il terzo tentativo. – Luca! *Acchiana* per un bicchiere d'aranciata.

– No, zio, ascolta... – rispondo con le mani a coppa intorno alla bocca. – Oggi proprio non posso.

– Cosa? Preferisci un fosso?

– Ho detto che non posso! Non posso!

– Ah, ho capito. E come mai?

– Portiamo la nonna alla messa di san Calogero. Vuoi che torno piú tardi? – Incrocio le dita dietro la schiena.

– Non voglio il forno di Pardi!

Sono indeciso tra ridere e dare un pugno contro il citofono. È sordo come una talpa, porca miseria! Mentre mi asciugo il sudore dalla fronte, il signor Pardi esce dal palazzo accanto: in linea d'aria, la sua finestra è poco sotto quella dello zio. I due si mettono a urlare da una finestra all'altra, e decido di lasciarli a discutere. Potrebbero andare avanti tutto il pomeriggio senza mai fermarsi o capirsi, giuro.

Trotto giú per la via, ormai manca un quarto d'ora alle tre, e devo tornare a piedi fino al benzinaio se voglio salvare la mia famiglia. Me lo ripeto pensando all'appuntamento con Mario: stavolta disubbidisco ai miei per una buona ragione, solo che non so ancora come spiegarlo, per i dettagli non ho avuto tempo.

Seguo la strada principale salendo e scendendo dal marciapiede, che in alcuni tratti è sbriciolato, divelto o occupato da auto abbandonate. Dagli interstizi tra pietra e pietra affiorano piante spontanee: cicoria, ortica, tarassaco e altre erbacce verdi con le punte seghettate e protese verso il sole. Il benzinaio mi punta a un centinaio di metri di distanza: sono sicuro che, se gli chiedessi chi ha visto il primo martedí dell'ottobre scorso, mi saprebbe rispondere. Mi rifugio sotto la pensilina della pompa. Il benzinaio, in maglietta rossa e bianca, saluta un cliente e mi lancia un'occhiata avvisandomi che Mario non è ancora arrivato ma posso aspettarlo su una sedia di plastica verde che mi indica. Io accetto senza discutere, ma la preoccupazione che avevo tenuto a bada torna a bussarmi sulle spalle. Come fa a sapere di Mario? Ci ha già visti insieme, è chiaro, ma che sappia dell'appuntamento è strano... Dopo un po' arriva una Ford Fiesta bianca con i finestrini abbassati e la radio a tutto volume.
– *Susiti*, Luca! – mi fa il conducente, prima di fare un cenno svogliato al benzinaio. – Gegè, fammi il pieno. Il pezzente a cui l'ho rubata stava in riserva fissa.
Stropiccio le palpebre per essere sicuro di aver visto bene: è proprio Mario. Vorrei andarmene, invece monto accanto a lui e mi chino il piú possibile. Abbasso anche la visiera del cappello, non voglio che qualcuno mi veda su un'auto rubata...
– Il *picciotto* nuovo si sta cagando addosso, – dice Gegè, staccando la pompa dal serbatoio e chiudendo il tappo. – Non credo che sia adatto per il mestiere.
– Non scassare i *cabbasisi*. Abbiamo fretta.
– Vai piano, che ci sono le pattuglie sullo scorrimento veloce.

– Infatti passiamo dalla strada vecchia. Ci vediamo, Gegè.
Mario parte sgommando. Prima, seconda e terza. Nello specchietto retrovisore scorgo il gestaccio del benzinaio.
– Anche lui è un mafioso?
– Chi, Gegè? Figuriamoci! È un «avvicinato» come te.
Sentirmi dire che sono un «avvicinato» mi ricorda quanto sono, e continuo a essere, un imbecille, non ci sono dubbi.
Ci buttiamo in una *trazzera* di campagna senza indicazioni.
– Questa ci porta dritti sulla costa, passando fra le colline, – mi spiega. – Gli sbirri ci vengono solo se si perdono.
A me non importa nulla della strada. – Che fine ha fatto lo scooter?
– Sei *strammato*? Una cassa dobbiamo caricare.
– E dovevi rubare un'auto? Non potevi chiederla a tuo padre?
– Seee! Quello non la fa toccare a nessuno, la sua auto. *Statti* buono e mettiti comodo, che ci vuole un po' ad arrivare.
Resto in silenzio. Dal momento che ho saltato la punizione con zio Benito, se torno tardi i miei se ne accorgono e ovviamente mi spellano vivo. Anzi, mi chiudono in casa e buttano la chiave.
Mario guida con il braccio fuori dal finestrino. La *trazzera* di campagna serpeggia di collina in collina, a tratti appare piú come una terra desolata con qualche albero secco, dei cespugli d'erba selvaggia alti quanto una persona, ciuffi di saggina e una marea di pietre. Poi, immancabili, arrivano i colori a puntellare l'orizzonte. L'aria è carica di profumi della macchia mediterranea. È un peccato che io non riesca a godermi il paesaggio pittoresco, cosí diverso dalle distese di latifoglie e dalle coltivazioni intensive del Piemonte. Ma a malapena tengo sotto controllo l'agitazione.

Mario taglia le curve, scala le marce in salita, scollina e corre a tavoletta in discesa con un sorriso plastico stampato in faccia. Dopo mezz'ora di strada accidentata, il mare fa capolino all'orizzonte.

– La vedi la nave da crociera laggiú? – mi domanda, puntando un dito al vetro. – Quella zona del porto è un bivacco di *picciotti forestieri* in attesa *d'acchianari* sulla nave.

– È lí che stiamo andando? – Non mi piace l'idea che ci vedano un sacco di persone.

– È ancora presto, non ti *scantari*.

Ho il sedere su un'auto che scotta, sia per il caldo, sia perché è stata rubata, e sto accompagnando un mafioso a prendere una cassa nascosta a Porto Empedocle... Certo che mi preoccupo!

Arriviamo al mare, d'un blu intenso, e costeggiamo il porto, accanto alle grandi imbarcazioni, alle ciminiere e ai cantieri navali. E poi la zona industriale, i pescherecci ormeggiati in attesa della notte e i magazzini frigoriferi sul molo centrale. La strada è un ammasso di fanghiglia secca segnata da fitte rughe, che sono i segni lasciati dalle ruote dei camion. Sopra le nostre teste pendono cavi elettrici, quadranti, manopole e bocchettoni. E la puzza... Un misto di alghe e pesci putrefatti, cordame sfatto, salsedine, catrame e un sentore di gasolio. Quasi rischio di vomitare.

Ci fermiamo allo scalo di alaggio, una zona riparata, protetta da ali di cemento che scompaiono in acqua, dove le imbarcazioni vengono tirate in secco con pesanti imbracature metalliche.

Scendiamo dalla macchina e c'infiliamo in un dedalo di corridoi stretti e bui, dietro una fila di container. Mario si ferma, si

gratta la testa e impreca. Dev'essersi sbagliato, a quanto pare non sono l'unico a essere agitato... Facciamo avanti e indietro per lo scalo finché si blocca davanti a una rimessa e si mette a trafficare con il catenaccio della porta: la salsedine lo ha corroso e la chiave raschia rumorosamente. Dentro, l'aria è umida e stantia, sembra di stare in una caverna. Mario palpeggia una parete in cerca dell'interruttore e, un attimo dopo, vengo abbagliato dalla lampadina che si accende a un palmo dal mio naso.
– Eccola!
La cassa che Mario sta indicando è di plastica sagomata, con quattro borchie di chiusura e maniglie ai lati. Il primo tentativo di sollevarla fallisce miseramente, è pesantissima.
– Ma che diavolo c'è dentro?
– Te lo dico piú tardi. Avvicinala alla porta, io vado a prendere la macchina.
Dopo un paio di minuti sento strombazzare il clacson, corro ad aprire e fermo la porta con un gancio di fortuna. La macchina si avvicina piano in retromarcia, finché il bagagliaio rimane quasi all'altezza della cassa: ci basta farcela strisciare dentro e ripartiamo alla svelta.
La strada del ritorno sembra piú corta. Ci lasciamo la zona grigia e malfamata del porto alle spalle, saliamo per un viale contornato da lampioni blu e il paesaggio diventa turistico. All'incrocio, leggo le indicazioni stradali: i lidi, la Scala dei Giganti, il Duomo, ristoranti, pizzerie, gelaterie, parcheggi a pagamento... Siamo cosí vicini al mare limpido, ai riflessi scintillanti del moto ondoso, alla sabbia dorata e alle urla dei bambini che giocano felici in spiaggia. Ma noi andiamo da tutt'altra parte, proprio come la mia malaugurata estate.

Guardo il panorama, ma la mia testa è lontana. La mia fuga è già stata scoperta, lo sento, e finirò punito dai miei anche se sto cercando di proteggerli. Come Paolo, che subisce l'atteggiamento possessivo degli zii perché non vuole dare altri dispiaceri...

Perso nei miei pensieri, mi accorgo di non riconoscere il viottolo sconnesso che stiamo attraversando. – Dove siamo?

– In aperta campagna, caro il mio Luca.

Continuo a guardarmi in giro, ma c'è solo un terreno incolto a perdita d'occhio puntellato da grosse spaccature nel terreno.

Mario ferma la macchina, scende e si stiracchia. – Ti muovi o no?

Il bagagliaio si apre. Sento scattare le borchie di chiusura della misteriosa cassa. Sono curioso, lo ammetto, sto per vederne il contenuto, ma non capisco perché dobbiamo farlo proprio lí, in mezzo al nulla. Tutto intorno c'è un silenzio inquietante. I raggi del sole mi abbagliano, ormai sono bassi, a pelo delle colline.

– Allora, ti sbrighi? – mi sollecita Mario.

Appena lo raggiungo e sbircio dentro la cassa, una scarica elettrica mi percorre il corpo, dal cervello alla punta dei piedi. In bocca la saliva si asciuga, diventa acida, come il sentore di un rigurgito.

Armi.

La cassa è piena di armi.

Mario tira fuori una pistola, un filo d'erba gli penzola dal labbro e ha l'aria famelica di una volpe davanti al pollaio.

– Questa è roba seria –. Soppesa l'arma fra le mani, se la porta accanto al naso, liscia la canna in modo grottesco. – Beretta semiautomatica calibro 9. La vuoi provare?

Non reagisco. No, certo che non voglio, potrebbe partirmi un colpo per sbaglio...

– Provala e non fare storie.

Mi dà la sua, senza tanti complimenti. La canna è tiepida, la tengo con due dita, come se fosse un viscido millepiedi.

– Non ho mai sparato, – sussurro.

– Intanto, tienila come un cristiano.

Mi sistema le dita attorno all'impugnatura e punta la canna verso il basso. – È una semiautomatica, quindi basta inserire il caricatore. Fai avanzare la prima pallottola, con il carrello, e metti la sicura.

Mario prende un'altra pistola, ripete il gesto per insegnarmi come fare, pianta bene le gambe e la punta avanti.

– Assicurati che i pollici siano lontani dal movimento del cane, perché durante lo sparo si sposta velocemente all'indietro. Potrebbe ferirti e malissimo fa, te lo assicuro. Allinea il mirino anteriore a quello posteriore e punta al bersaglio. Non so... quel ceppo d'albero secco laggiú. Lo vedi? Crivelliamolo di colpi!

Si concentra con lo sguardo fisso, e preme il grilletto.

Lo sparo è assordante.

– Fai attenzione al rinculo. Non è tanto, ma può spostarti la mano all'indietro, e se non sei pronto...

– Se non sei pronto? – insisto, ingoiando la saliva.

– Meglio se sei pronto, okay? – ridacchia Mario. – Per ricaricare, tira il carrello verso di te e rilascialo. *'Na babbiata*.

Mario chiude la cassa delle armi e, spostando una coperta, scopre una cesta di bottiglie che posiziona a una decina di metri.

– Quando le tiriamo giú tutte, ce ne andiamo.
Il cielo si sta striando di colori morbidi e caldi, le ombre si allungano e l'aria si alleggerisce del caldo. In poche parole: dobbiamo sbrigarci perché è tardissimo. Accetto la sfida.
Ho parecchie difficoltà, all'inizio. Sparare non è cosí facile come sembra. L'eco dei colpi continua a rimbombarmi nelle orecchie, ma alla fine ce la faccio e centro una delle bottiglie.
Mario fa saltare tutte le altre. – Hai perso, schiappa!
Sospiro, tolgo il caricatore come mi ha insegnato e ripongo l'arma nella cassa. Devo ammetterlo: sparare mi è piaciuto. È liberatorio, ecco. Tutta la tensione che avevo addosso è come... sparita.
Non ho molto tempo per rifletterci, però, perché Mario mi si piazza davanti all'improvviso. Solleva la pistola, ancora carica, e la punta verso di me.
– Che accidenti stai facendo?
Toglie la sicura.
– Farai il bravo, vero? – Parla piano e con il sorriso, ma io lo fisso dritto negli occhi e so che sta dicendo: «Ubbidisci o ti ammazzo».
– Mi posso fidare di te?
Faccio un passo indietro senza accorgermene. Non posso credere che stia succedendo davvero... Il tempo sembra essersi fermato, attorno a noi c'è il nulla silenzioso. Non ho mai avuto tanta paura.
– Sí, Mario, – dico semplicemente.
Lui resta immobile, con la pistola puntata verso di me, e io vorrei sostenere il suo sguardo ma la canna è come una cala-

mita, non riesco a staccarle gli occhi di dosso. Quasi vedo già la scintilla che sto aspettando.
Poi lui abbassa lentamente il braccio e la mette via. Respiro.
– Scherzavo, – dice togliendo il caricatore. – Non ti avrei mai sparato, siamo amici. Non è vero che siamo amici?
– Sí, Mario, – dico di nuovo, e non vedo l'ora di sedermi in macchina, le gambe non mi reggono piú.

Capitolo 22

Arriviamo a Petramonica tardissimo.
Il cielo si tinge di toni cupi e gli ultimi bagliori del sole illuminano i tetti, i campanili, la vetta rocciosa del monte Peppino. Mario guida concentrato sulla strada. Non ci siamo piú parlati dopo il suo ultimo «scherzo».
Vorrei tanto sapere che ore sono ma, ovviamente, ho dimenticato l'orologio. Ogni volta che ne ho bisogno, non ce l'ho, incredibile. Un momento... ho il cellulare però! Lo rintraccio nella tasca dei pantaloni, l'avevo dimenticato perché è rimasto in modalità silenziosa... Sono le sette meno un quarto. Male, molto male. Papà doveva venire a prendermi dallo zio Benito alle sei, chissà cosa sta succedendo a casa mia... Ho già ricevuto tre messaggi da Paolo, uno in particolare attira la mia attenzione: *Tutti T cercano cvd panchina ba&ab!*
Il finimondo, ecco cosa sta succedendo!
Mario affonda il piede sul pedale del freno. Ci fermiamo a una cinquantina di metri dalle transenne che sbarrano la strada, c'è un vigile che fa roteare il fischietto camminando avanti e indietro.
– Dannata processione! Ci tocca fare il giro lungo.
Alzo la testa dal cellulare con la testa in subbuglio.
– Ehi, fammi scendere, – dico.
– Stai scherzando? Tu vieni con me.

– Ti raggiungo dopo aver sistemato le cose con i miei.
Mario mi guarda perplesso. So cosa si sta chiedendo, glielo leggo in faccia.
– Fidati di me, siamo fratelli.
Ho detto quello che vuole sentirsi dire, spero che basti.
– Alla Casa del Fanciullo ci sai arrivare?
– Credo di sí.
– Ti aspetto lí con la macchina. Ci vogliono due persone per trasportare la cassa al luogo stabilito. Sbrigati!
Scendo e sento la Fiesta fare inversione, grattare le marce, poi ripartire. Comincio a correre nelle viuzze deserte che salgono ai giardini della posta, oltre le arcate, i vicoli contorti, le scalinate con l'odore di urina. Mi fermo solo quando incontro la bocciofila e allora mi volto, per controllare che il cancello dall'altra parte sia aperto: è spalancato. Dietro la ringhiera verde c'è la panchina Baci&Abbracci. I ragazzi piú grandi ci vanno a limonare, ma di giorno è meta ambita per quelli della mia età grazie alla protezione delle siepi di bosso alberate, che danno un senso di isolamento e nascondono da sguardi impiccioni. Lo stato di abbandono le ha private di qualsiasi forma geometrica avessero un tempo, eppure sono verdi e rigogliose.
Mi fermo, boccheggiante, e rimango di sasso.
Paolo e Lucia sono seduti sulla panchina e lei gli tiene la mano.
Mio cugino mi ha dato appuntamento per prendersi gioco di me? Ora lo strangolo!
– Traditore! Mi rubi la ragazza? – Mi lancio su di lui.
– Passi Giulia, ma Lucia non si tocca! – ruggisco.

Ci smanacciamo come due foche sulla spiaggia. Siamo ridicoli, lo so, ma è piú forte di me, non resisto alla tentazione di dargli due o trecento schiaffi.

Lucia si mette in mezzo cercando di fermarci, e io sono costretto a fermarmi all'istante ma continuo a ringhiare, anche se non so quanto sono credibile come cane rabbioso...

– Chi è Giulia? – chiede Lucia e io mi smonto all'istante.

Inizio a balbettare, ovvio.

– Lascia stare, preferisco non saperlo –. Il suo sguardo magnetico mi incolla al muro senza muovere un dito. Ma come fa?

– E, per tua informazione, non c'è niente fra me e Paolo. A parte la tua incredibile stupidità. Per calmarlo gli ho preso la mano! Era cosí agitato che tremava.

– Ah, sí? E perché?

– Per te, zucca vuota che non sei altro!

Ci sono cascato ancora una volta... Imparerò mai a pensare prima di parlare? O, ancora meglio, prima di rendermi ridicolo?

Mi scuso subito con Paolo prima di sedermi sulla panchina e allungo le gambe.

– Non importa... Ora ci racconti cosa ti è successo? Perché sei scappato senza dire niente? Tutta la famiglia ti cerca!

Famiglia. Già una mi bastava, perché mi sono lasciato coinvolgere negli affari dell'altra, ancora piú complicata e losca?

Racconto tutto d'un fiato. L'agguato di Mario in erboristeria, la visita di Cosimo, la macchina rubata, l'incontro delle cosche mafiose e le minacce con la pistola. Per la prima volta, mi lascio andare completamente, e scopro che non è poi tanto male confidarsi con dei veri amici. E mi sento sollevato per-

ché loro, i miei amici, non mi ordinano niente, non mi mettono alla prova e non minacciano nessuno. Perché anche loro sono la mia famiglia.
– Non avevo altra scelta, – concludo.
– Che situazione di merda, – dice Paolo.
Lo guardo, stupito. È la prima volta che lo sento parlare in modo sboccato, come un adulto, ecco. Lui arrossisce, si schiarisce la voce e dice, quasi per giustificarsi: – C'è un modo migliore per dirlo?
– No, hai ragione. Sono nella merda.
Paolo e Lucia si scambiano un cenno d'intesa.
– Perché avete fatto cosí? Mi sono perso qualcosa?
– Quell'amico di tuo padre, Cosimo, si è presentato a casa mia. Con mia madre voleva parlare, – spiega Lucia.
Paolo aggiunge, imbarazzato: – È di questo che stavamo parlando quando sei arrivato. Non ne sapevo niente, ma speravo che ti avesse visto. Le ho chiesto se eravate usciti insieme.
– Tu... cosa? – domando incredulo.
Lucia mi pizzica un braccio. – Ehi, guarda che non sono scema! Che mi venivi dietro lo avevo capito, e mi scocciava vederti insieme a Mario. Quello, i guai, se li *abbrazza* e se li *vasa*. Ha rovinato il nostro primo appuntamento e finché uscivate insieme me ne sono stata alla larga. Hai capito, finalmente?
Resto a bocca aperta. – Primo appuntamento?
– Ti sei rincitrullito? – si altera lei, raddrizzando la schiena.
– Un ragazzo e una ragazza che si trovano in piazza per passare la serata insieme... Cosa credevi che fosse?
Okay, sono senza speranza: con le ragazze sono destinato a

figuracce epocali per tutta la vita. Ora che questo punto è sistemato, torno alle cose serie. Un modo come un altro per non morire di vergogna...

– Che voleva Cosimo da tua madre?

– Quello che voleva da te: informazioni sugli Scarafia. È questo il nome della cosca di Petramonica. Ti dice niente?

– Mai sentito prima d'ora...

Lucia mi sorride. – Non hai mai guardato il campanello di casa mia, allora, eppure sei venuto due volte.

– Tre, – la correggo. – Ma la terza ho tirato dritto, perché tua madre stava stendendo i panni sul balcone. Quindi tu...

– Sono una Scarafia, sí, ma del ramo della famiglia che non ha mai voluto partecipare ad attività mafiose di alcun genere.

– E tua madre ha parlato? Non è pericoloso?

– Siamo parenti alla lontana. Non credo che mia madre sappia granché dei loro traffici criminali, ma Cosimo ha provato a convincerla in tutti i modi. Ho origliato qualcosa...

– E cosa hai scoperto?

– Pare che ci sia in ballo un'operazione segreta dei carabinieri.

– Che tu hai appena confermato, – interviene Paolo mangiandosi le unghie per l'agitazione.

– Io non ho confermato niente...

La verità mi arriva un attimo dopo. Tutta insieme.

Durante la festa di san Calogero...

Le famiglie di Petramonica e Rocca Mezzana...

Uno storico accordo...

Un'operazione segreta...

Salto in piedi. – Si riuniscono fra mezz'ora. Sta per succedere!

– Se quello che ti ha detto Mario è vero...

– Certo che è vero, Paolo –. Lucia mi prende per mano, ha uno sguardo preoccupato – Alla festa di san Calogero ci saranno guai per tutti. Non devi andarci per nessun motivo, promettimelo!
Faccio un lungo respiro, ho bisogno di pensare. Se vado all'incontro con Mario mi troverò proprio nell'occhio del ciclone, è vero. Ma non so in cosa consiste l'operazione segreta e non so perché Cosimo si è convinto che io possa aiutarlo a realizzarla... Ci sono ancora un sacco di faccende che non capisco. Ma le minacce sí che le capisco e non ho intenzione di mettere a rischio la mia famiglia.
– Tu ci vuoi andare, – dice Lucia vedendomi esitare. – Perché sei cosí testone? È pericoloso, è roba da grandi, e a dire il vero non conosco nemmeno un grande che vorrebbe fare una cosa simile. Devi uscirne subito! Il modo migliore è raccontare tutto ai tuoi genitori e avvisare Cosimo.
Lucia ha detto tutto d'un fiato, praticamente gridando, e adesso ansima con gli occhi sgranati dal terrore.
– Voglio uscirne, sí, ma senza tradire nessuno, – rispondo in tono solenne. – È una questione d'onore.
– Quella del codice d'onore è una *farfantaría*, – replica lei. – Non è cosí. Mai è stato cosí, i mafiosi buoni solo nelle favole esistono!
– E la Famiglia? – domando.
– Quale Famiglia? Quegli infami non rispettano nessuno.
Le parole di Lucia mi colpiscono dritto in faccia. Ho giurato, è vero. Ma a chi? A dei criminali, che usano la mia fedeltà come una gabbia per costringermi a rubare, minacciare, sparare. Non voglio fare parte di un simile gruppo, ne sono piú

che sicuro, e chiamarlo Famiglia non lo rende accogliente. È solo un covo di serpi che sono riuscite ad avvelenare persino il vocabolario usando termini come «onore», «famiglia» e «protezione», ma col significato che fa comodo a loro.
Io però voglio essere fedele a qualcosa di vero, di piú importante, di piú giusto. E voglio dimostrare di essere cresciuto, senza infrangere le regole. Perché essere grande non vuol dire abbassare la testa o nascondere la mano. Ammettere gli sbagli e risolvere problemi sono cose da grandi. E io non vedo l'ora, di fare cose da grandi.
– Devo andare alla riunione, – decido.
– Non lo fare, – ripete Paolo, a voce bassa.
Ho l'occasione di fare una cosa buona, stavolta, la prima di quest'estate... e non posso proprio dar retta a mio cugino.
Finalmente nella mia testa i pezzi hanno un posto preciso, quello giusto. Posso scoprire il luogo esatto della riunione fra le cosche mafiose, perché io e Mario dobbiamo consegnare la cassa con le pistole.
Pesco dalla tasca dei pantaloni un biglietto da visita e lo mostro ai miei amici, spero si tranquillizzino un po' perché non ho intenzione di fare tutto da solo. Mando un messaggio a Cosimo.
– Inviato! – esclamo, continuando a digitare sulla tastiera.
– E ora che fai?
– Attivo il GPS dello smartphone.
– E per quale motivo?
– Perché io sono la breccia.

Capitolo 23

Prima di andarmene abbraccio Lucia.

Rimane cosí sorpresa che non ha il tempo di reagire e si lascia stringere. Il profumo dei suoi capelli mi carica di energia.

Ma il tempo vola e devo correre per le scale.

Sento il cellulare rimbalzarmi nella tasca, e mi chiedo se Cosimo ha ricevuto il messaggio, un semplice «okay» mi darebbe piú sicurezza, ma non ho comunque tempo per controllare.

Non appena esco in via Santa Croce, mi ritrovo davanti a centinaia di persone che camminano compatte, una accanto all'altra, avanzando a passi piccoli. Un muro di uomini con il borsello, donne che si sventagliano, bambini che sgusciano tra le gambe: la processione di san Calogero Eremita.

Il santo nero è sostenuto da venti persone, dieci per lato, e ondeggia su una portantina in mezzo alla fiumana di gente. C'è sempre qualcuno che prova a infilarsi, che allunga un braccio per partecipare al cammino del santo. Poi ci sono i vigili urbani con gli stendardi del comune, il sindaco e gli assessori che sembrano appena usciti da un matrimonio, la banda del paese con gli strumenti. I *tammurinara* accompagnano il corteo con il rullo dei tamburi. La processione avanza, lentamente.

Il tempo stringe, Mario si starà chiedendo che fine ho fatto. Mi tuffo tra la gente e attraverso un'invisibile nebbia di profumi e sudori, spintono di qua, tiro di là, chiedo permesso. La folla mi trascina avanti un bel po', ma riesco a farmi strada. Ho quasi raggiunto una viuzza quando, proprio da lí, vedo scendere mamma e papà. Si guardano intorno con certe facce scure... mi stanno cercando, poco ma sicuro.

Devo andarmene e in fretta, o mi vedranno: mi ributto in mezzo alla folla e mi lascio trasportare dal flusso. Seguiamo le curve di via Santa Croce fino a una piazzetta dove il santo si ferma e vengo spinto verso la portantina. Si alza una selva di braccia, le voci diventano urla. Sta succedendo qualcosa che io, fra tutti, non capisco...

La gente si accalca, mi manca l'aria. Poi due uomini con le pettorine si arrampicano accanto alla statua, afferrano delle grandi pagnotte da un cesto bianco, le spezzano e le lanciano ai presenti. Sono i Pupi di Pane! Raffigurano gambe, braccia, o altre parti del corpo guarite per intercessione del santo, me lo spiegò papà.

Vedo il simulacro di san Calogero con la veste candida, il mantello nero e il bastone d'argento in mano. Attorno a me la folla si agita e si lamenta. C'è chi solleva i bambini perché possano baciarlo, chi si massaggia i piedi scalzi, chi sgrana ininterrottamente il rosario.

Assisto a quel rituale con un senso di straniamento. Mi sembra tutto fuori posto, fuori contesto. Le luminarie colorate e brillanti, di fattura pregiata, in mezzo alle tipiche abitazioni grezze, trasandate. La gioia autentica dei bambini, gli occhi limpidi, la loro eccitazione per la festa piú importante dell'anno. Mentre, a pochi passi, è in corso una riunione criminale con gli alti vertici, condita di pistole e fucili.

Non posso proprio perdere altro tempo. Do un'occhiata in giro: mamma e papà non si vedono piú. Allora rifilo calci negli stinchi finché non mi libero dall'assembramento. Il mio stomaco brontola al profumo di ciambelle, braccialetti, marzapane, cassatelle...
Supero la processione e tiro dritto per la mia strada.
Taglio a sinistra, salgo l'ennesima scalinata invasa di erbacce e raggiungo la Casa del Fanciullo sul retro. È un enorme palazzo baronale, severo e spoglio, con la facciata restaurata a dominare un viale di ulivi. I magazzini sul retro, però, sono abbandonati e fatiscenti, il ricordo di un'epoca di splendore in cui piú di cento stanze erano animate da altrettanti bambini senza famiglia.
Aggiro la triste costruzione in cerca di Mario. Trovo la Fiesta parcheggiata sopra un fazzoletto di marciapiede in ombra e lui seduto sul cofano col telefono all'orecchio. Nello stesso istante, sento vibrare la tasca.
– Stacca pure. Sono arrivato, – gli dico.
Mi fermo a prendere fiato. Mario osserva le due chiazze di sudore che si allargano sotto le mie ascelle, ha un'espressione stupita, di certo sospetta ancora di me.
– Sei uno straccio, – mi dice. – Anche la schiena è fradicia.
– Parli come mia madre. Allora, questa cassa?
So cosa fare: devo apparire calmo, spavaldo, sicuro, almeno in apparenza. Ma dentro al petto è in corso la tempesta del secolo e il cuore cerca di saltare fuori.
– Ti ho aspettato venti minuti, e ora mi fai fretta? – ribatte con una smorfia sul viso. – Mentre ti facevi gli affari tuoi, ho recuperato un carrellino per trasportare la cassa. Cosí non

devo ridurmi come... be', come te. Fai schifo solo a guardarti.
– Tanto non sei il mio tipo, – ribatto.
Apriamo il bagagliaio e tiriamo giú la maledetta cassa che pesa sempre un quintale. Gli ammortizzatori della Fiesta cigolano per il sollievo. La poggiamo sul carrello, la copriamo con un telo cerato e ci avviamo.
– Hai lasciato la portiera aperta, – avviso Mario.
– Che te ne frega? – sbotta lui. – Tanto l'ho rubata! Ho fatto anche il signore lasciando le chiavi nel quadro. Di solito le butto.
Noto che, nonostante i soliti modi, Mario sembra decisamente nervoso. Mentre spingiamo il carrello per la stradina in salita non parla. I suoi movimenti sono bruschi, lo sguardo è inquieto. Si guarda intorno di continuo. Il posto è deserto e silenzioso. Dal centro si sentono arrivare le urla, la musica e i botti dei petardi.
Raggiungiamo un garage come ce ne sono tanti, al paese. Il portone di metallo ha tre ante, verniciato di un marrone scolorito, con le prese d'aria in cima e una stretta pensilina di coppi come riparo dalla pioggia. Mario bussa due volte, conta cinque secondi e bussa di nuovo. Un codice. L'uomo che ci apre lo conosco, è l'armadio che ho visto accompagnare Mario al bar Cannizzaro non piú di tre settimane fa, mentre mi gettavo fra le braccia della malavita.
– Non è che vi siete spaventati? – dice, riempiendo lo specchio della porta. Deve abbassare persino la testa. – O vi siete fermati a mangiare due cannoli in piazza?
– Non *babbiare*, Totò! – esclama Mario, facendo un cenno dalla mia parte. – Lo conosci già a Luca?

– Se lo conosco? Ho fatto io le ricerche su di lui! Ma il piacere di stringerci la mano non l'abbiamo ancora avuto.
Quell'energumeno mi ha spiato... Quante cose sono successe mentre credevo di essere grande...
– Totò Mattina, – si presenta, allungando una mano che potrebbe coprirmi l'intera testa. È enorme, callosa, con le unghie ingiallite.
– Luca Padalino, – ricambio la stretta.
Emetto un verso strozzato: la mano di Totò si è chiusa come una morsa sulle mie povere dita e, ovviamente, lui si sganascia dalle risate.
Mario scuote la testa. – È quasi un rito, ormai.
– Per vedere di che pasta sono fatti i nuovi, – aggiunge Totò.
– E tu, *picciò*, che diamine! Sei di ricotta sfatta!
Mi massaggio la mano dolorante. È lui il misterioso recuperatore di crediti, lo spessore delle sue braccia non lascia dubbi.
– Non farti ingannare dai suoi modi, – mi sussurra Mario.
– Totò è uno importante, il vice della Famiglia. Uno che si è fatto la galera e che ha ucciso delle persone.
Se potessi lo ringrazierei, Mario, per avermi spaventato piú di prima, o magari era proprio questo il suo scopo... In ogni caso ne facevo volentieri a meno. Mi basta già il pensiero del cellulare in tasca: ora che conosco il luogo della riunione, non devo far altro che mollarlo da qualche parte e andarmene di corsa.
Totò apre la cassa e controlla le pistole, poi ricaccia nei pantaloni un lembo di camicia, e dice: – Mancano dei proiettili.
– Abbiamo fatto solo qualche tiro, – ammette Mario.
Stanno per volare schiaffi, penso, ma Totò apre la bocca per sorridere, ha un dente rivestito d'oro.

– Siete ragazzi coi *cabbasisi*. Eh? Bravi!
Già mi vedevo legato, imbavagliato e gettato in un fosso, e invece ho perfino ricevuto dei complimenti... è tutto al contrario, come cavolo ho fatto a non accorgermene prima?
Totò parla con qualcuno alle sue spalle, ridacchia, è cosí grosso che gli basta una risata per diventare rosso come un pomodoro.
– Volete entrare? – ci sorprende. – Vi faccio dare un'occhiata. Cosí vedete come si gioca davvero fra i grandi.
– Perché no? – risponde subito Mario.
No e basta, vorrei urlare io, ma Totò Mattina solleva la cassa come un fuscello, poi si fa da parte per lasciarci passare e Mario tira dentro anche me. Con il cellulare in tasca.
Con il GPS acceso.

Capitolo 24

Ho l'impressione di entrare nel TARDIS del Doctor Who. Quello che da fuori sembrava un piccolo garage, dentro è un enorme appartamento. Ci sono luci al neon che ronzano sopra la mia testa, pavimenti piastrellati, divisori di cartongesso e scaffali di provviste con trecce d'aglio e salami. Conto una ventina di persone, disposte attorno a un tavolo. Due, invece, sorvegliano quella che piú si avvicina a una stanza: mura di mattoni veri, zoccoli in tinta e pareti dipinte. L'unica cosa che manca è la porta. Riesco a vedere degli uomini in giacca e cravatta che si dividono una cassata.

– *Bastia', tu figghiu arrivò*, – esclama Totò Mattina.

– Meno male! Se no, scendevo io a prenderlo!

Bastiano Modica scambia qualche battuta in dialetto col figlio, poi mi fa un cenno di saluto, ma è l'unico perché la maggior parte degli altri mi guarda in cagnesco. Sono uomini dai volti scavati dal sole, mani in tasca, gambe nervose. Totò posa la cassa in mezzo al tavolo, la apre e comincia a distribuire armi. I soldati ci si avventano come piranha affamati: infilano i caricatori, scrutano le canne, provano le fondine.

– Vi sentivate mosci, senza una pistola in mano? – li stuzzica Bastiano Modica, togliendosi lo stuzzicadenti di bocca.

Gli altri sorridono, ma l'aria è carica di tensione, la sento perfino io che non mi sono ancora mosso dal portone d'ingresso.

– *U carusu ave i piedi di chiummo?* – chiede un tizio con lunghe scarpe a punta marroni e capelli con la riga da un lato.
Mi avvicino per sentire meglio e vengo subito bloccato da un bestione con le bretelle rosse. – Eeeh, quanta *prescia*! Mettiti *accussí*...
Mi alza le braccia come un manichino, divarica le gambe e comincia a tastarmi il corpo dal basso verso l'alto: una perquisizione in piena regola.
Vedo la pistola infilata alla cintura e penso subito al cellulare: se qualcuno vede il GPS acceso, come lo spiego? Mi concentro, e mi viene in mente che potrei aver usato il navigatore per arrivare alla Casa del Fanciullo... sí, può funzionare. Poi una scarica elettrica mi attraversa: ho dimenticato di cancellare il messaggio inviato a Cosimo. Me la dimentico sempre, la cartella dei messaggi inviati... non c'è fine ai disastri che combino...
– Dove sono le buone maniere? – interviene Totò. – Il *picciriddu* è responsabilità di Mario Modica. L'ha «avvicinato» lui.
– E chi se ne fotte? Noi non lo conosciamo.
Totò sospira. – *Cu nasci tunnu un pò muriri quadratu!*
Spinge via il bestione e mi prende per le spalle.
– A Petramonica gli ospiti li trattiamo coi guanti di velluto, – dice ad alta voce, un professore con la pistola a cui non si può dire di no.
– Datemi una granulosa, – ordina Totò, indicando il frigorifero che rumoreggia nell'angolo. Si abbassa sulle ginocchia e mi domanda: – L'hai già assaggiata? È diversa dalla granita...
Scuoto la testa.
– Non te ne ha parlato tuo padre, Lillo? O tua madre, Sara? Che razza di siciliani non parlano al figlio della propria terra?

La granulosa arriva in un bicchiere a collo alto, è una specie di granita acquosa e giallastra, si vede che è fatta di limoni freschi perché ci sono due semini che galleggiano sul bordo.
– Non ce l'avete queste cose, lassú, – continua Totò. – Ci vuoi tornare al Nord con i tuoi genitori o preferisci la Sicilia? Finché continui a fare il bravo sarai sempre il benvenuto.
Annuisco e sorrido, è il massimo che riesco a fare. Le parole proprio non mi escono e la granulosa non vuole scendere, si ferma in gola. Forse è per il tono sinistro della conversazione, sono certo che le insinuazioni ai miei familiari sono tutt'altro che amichevoli...
Totò si alza e offre da bere a tutti i presenti. La tensione si smorza, sostituita da esclamazioni e battute.
– Totò! Non ti manca il carcere?
– A te manca? Perché, se vuoi, ti ci faccio tornare...
– Io al 41 bis non ci torno manco morto!
– E allora, stronzone, perché deve mancare *a mia*?
Io vorrei scomparire, sono circondato da ex carcerati, molti dei quali non ho la piú pallida idea di chi siano, cosí mi faccio coraggio e lo chiedo a Mario, a bassa voce.
– Sono gli uomini di Rinzivillo. Quello che ha appena parlato è Narduzzo, il vice del rappresentante. L'equivalente di Totò a Rocca Mezzana. Imparale a memoria queste facce, devi sempre sapere con chi hai a che fare, se non vuoi grane. Hai capito?
– Guarda che sei tu che non mi hai detto niente!
– Te lo sto dicendo ora.
– E gli altri ragazzi? Ci raggiungono dopo?
– Ma che hai, la testa vuota? Qua dentro non dovremmo

nemmeno esserci! – Mario mi gira faccia al muro e riprende a confabulare. – I Rinzivillo di Rocca Mezzana e gli Scarafia di Petramonica litigano da anni per il controllo del territorio. Ci sono scappati un sacco di morti, che credi? Quello di oggi è uno storico accordo: niente piú litigi, guerre e vendette.
Deglutisco. – A cosa servono le pistole, allora?
– È una misura di sicurezza. Le armi si distribuiscono a fine riunione, cosí a nessuno viene *gana* di usarle prima.
– P-perché? Adesso si p-possono usare? – So che sono ridicolo, vorrei riuscire a controllare le parole che escono dalla mia bocca ma è impossibile.
– Ma guardatelo, si caca in mano! – ridacchia Mario. – Devi essere contento, invece. Gli altri *frati* sono sparsi per il paese come le merde dei piccioni. Tengono gli occhi aperti e avvisano la Famiglia se vedono qualche movimento strano. Ma a noi ci hanno onorato, ci hanno fatto prendere le armi, e siamo persino entrati. Di là ci sono quelli che contano, i capifamiglia. Te l'avevo detto o no, che a starmi accanto ci avresti guadagnato assai?
– Vero è, – rispondo scimmiottando la cadenza sicula.
– E bravo a Luca... Un sicilianuzzo stai diventando!
È la voce di Totò Mattina, seguita da una terrificante pacca sulla schiena che mi sposta indietro di qualche metro. Per stare al gioco ne accentuo l'effetto e mi ritrovo al centro di quel soggiorno austero, in direzione della stanza sorvegliata. I due uomini di guardia lucidano le pistole nuove con un fazzoletto a quadretti.
Mentre li guardo ho la testa che va a mille, ma di una cosa sono certo: a stare in un garage pieno di gente armata, che

parla di morti come fossero noccioline, non ci guadagno affatto. E non mi sento nemmeno onorato, casomai terrorizzato. Dentro la stanza sorvegliata, dall'apertura senza porta, vedo qualcuno che si sporge indietro sulla sedia. Riesco a mettere a fuoco solo i pantaloni gessati e le scarpe lucide. Dev'essere qualcuno di importante.
– *Astabbanna*, Luca! – lo sento esclamare. – *Pi' canusciri un cristiànu si ci havi a manciàri 'nsemmúla.*
L'unica parola che ho capito è Luca. Il tipo dev'essersene accorto, perché ripete in italiano: – Per conoscere qualcuno bisogna mangiare assieme a lui. Vieni, che ti offro una fetta di cassata.
La voce... la conosco. È don Antonio! Quindi il simpatico anzianotto che ho conosciuto al bar è un mafioso. Sono allibito: è stato cosí gentile con me... ha convinto Vituzzo a farmi entrare, mi ha persino offerto da mangiare... Com'è possibile? Allora mi tornano in mente le parole di zio Carmine: *Un mafioso può essere vestito da macellaio, da dottore, da impresario, persino da carabiniere.*
E se sta nella stanza sorvegliata non è un mafioso qualsiasi, certo che no! Forse è un rappresentante, un capofamiglia, comunque sia significa una cosa sola: lui è il boss.
– Sei sordo? Don Antonio Scarafia vuole che entri, – dice una delle guardie. L'altra mi incoraggia con la mano, ma io sono bloccato. Il cervello mi è andato in tilt, non ce la faccio a immaginare una persona cosí distinta che fa chissà cosa per dei traffici illegali o degli omicidi... è troppo per me.
Prima di andare di là, però, devo comunque superare la perquisizione, e Totò si riavvicina: – Ora, se permetti...

So cosa succederà, niente immaginazione stavolta. È semplice, in realtà: Totò Mattina troverà il telefono e mi farà fuori, tanto le armi ce le ha a portata di mano, gliele abbiamo fatte avere Mario e io...
Ho fatto un sacco di cavolate enormi quest'estate, lo ammetto, talmente enormi che nemmeno io le avrei immaginate prima, ma non può finire cosí... Chi lo dirà ai miei genitori? Non ci sto ad andarmene in questo modo.
Non ho ancora baciato Lucia!
Solo che una soluzione, io, proprio non ce l'ho... Sono solo un ragazzino di tredici anni che si è divertito a giocare col fuoco e ora, guarda un po', mi sto scottando. Forse avvicinano quelli come me perché basta darci dei soldi e ubbidiamo senza fare troppe domande. Costiamo poco, non diamo nell'occhio, e non vediamo l'ora di stare per strada. Soprattutto, non vediamo l'ora di diventare grandi.
E invece diventiamo carne da macello.
È proprio cosí che mi sento, mentre Totò Mattina mi svuota le tasche, prende il cellulare, mi chiede il codice di sblocco e io glielo dico.
Chiudo gli occhi e attendo la mia fine.

Capitolo 25

Mi aspetto di sentire al massimo due parole.
Sei. Morto.
E niente, fine.
Ma un rombo profondo mi distrae, alzo gli occhi e, dalle grate di aerazione in cima al portone, osservo un cielo a quadretti con striature blu e rosse.
– È un tuono? – chiedo a Totò.
– No. A Petramonica non piove mai.
In realtà il rombo lontano io lo sentivo già da un po', solo che adesso si fa sempre piú forte. All'improvviso, si alza un gran vento che agita il portone, le grate, e fa sbattere violentemente le finestre ai piani superiori. Una luce intensa s'intrufola nel garage e proietta sulle pareti l'inquietante profilo di una gabbia. Un attimo dopo, scoppia il caos.
– È una minchia di elicottero!
– Ci hanno trovato gli sbirri!
– Portate il boss al tunnel!
– Ci avete tradito, bastardi!
Gli uomini delle due famiglie imprecano, si accusano a vicenda mentre i neon si spengono tutti nello stesso momento e precipitiamo in un buio caotico, fatto di sagome scure che corrono, fasci di luce impazziti, urla concitate e bestemmie.
Sbircio la stanza dei boss, le guardie sono entrate correndo, li

stanno sollecitando a fuggire e finalmente lo vedo: don Antonio Scarafia. Si alza senza fretta, chiude la giacca con la dignità di un capitano che abbandona la nave. Ha un portamento che incute rispetto e ammirazione, anche adesso che tutti si agitano, lui mantiene il controllo. Mi guarda con occhi profondi, sorride e le rughe del suo volto si contraggono in un'espressione bonaria. Non so se la mia interpretazione è giusta, ma giurerei che mi sta dicendo: «Problemi non ce ne sono. Sistemo tutto io».
Le guardie lo spingono fuori dalla mia visuale nel momento in cui arrivano le gazzelle dei carabinieri. Le sirene ululano nel vicolo sovrastando a tratti il rumore dell'elicottero, sono cosí forti che sono costretto a tapparmi le orecchie con le mani.
I soldati delle cosche mafiose caricano le armi e corrono in cerca di punti favorevoli allo scontro imminente mentre io resto in piedi, immobile, nel bel mezzo della confusione.
Ma dura poco: Totò mi spinge contro una parete lontana e chiama a raccolta i suoi. – *Bastia', darrè 'o tavolu!* Voi tre nascondetevi! Riempite di piombo i *carrabbunera*!
I soldati della cosca si schierano, alcuni coprono la fuga dei boss, altri rovesciano i mobili per ripararsi. Le forze speciali accostano un furgone con la scala e si arrampicano al primo piano, poi, finalmente, irrompono. Sopra la testa sento il rumore di vetri infranti, urla, tonfi, passi e qualche colpo di avvertimento. Poi si scatena l'inferno, quello vero.
Il portone al piano terra viene divelto, ci sono proiettili che volano da tutte le parti. L'aria si riempie di schegge, polvere e grida di dolore. Mi appiattisco al muro, con le braccia a protezione della testa, ma vengo strattonato e schiaffeggiato.

Mario mi urla nelle orecchie: – Tu sei stato? Hai *cantato*!
Io nemmeno reagisco. Non dovrei trovarmi in mezzo a una sparatoria, questa è l'unica cosa a cui riesco a pensare. Dovrei essere alla festa del paese con i miei genitori, magari a litigare con mia madre, e a giocare con Paolo.
Un riflettore mi acceca. Sbatto le palpebre e, ogni volta che le riapro, vedo un agente speciale sollevare lo scudo antisommossa, colpire e avanzare. Un'ombra mi si piazza davanti: è Totò Mattina, ma faccio appena in tempo a riconoscerlo che lancia un urlo strozzato e crolla in ginocchio. Oppone resistenza, rifiuta di dichiararsi sconfitto, il suo volto si contorce di rabbia mentre si prepara a sparare i suoi ultimi colpi. E mentre lo guardo, glielo leggo in faccia: si sentono diversi e migliori, i mafiosi. Uomini veri, uomini d'onore.
Un attimo dopo, è a terra riverso mentre una macchia scura si allarga sul pavimento. E non è il solo a morire nella sparatoria, vedo corpi immobili ovunque che ricorderò per sempre.
Ma non c'è traccia di Mario. Mi guardo intorno, a malapena capisco d'essere nel quadrato di scaffali, tra damigiane di vino, forme di formaggio e salumi che ondeggiano. Poi... ecco Mario! Ha raggiunto a testa bassa la protezione del tavolo, ora gattona fino a una cassa che io conosco fin troppo bene. Sento una scossa percorrermi la schiena, d'istinto mi getto a terra e nascondo la faccia fra le enormi bocce d'olio di oliva, perché ora lui ha una pistola. E sta venendo a prendermi, il volto deformato da una rabbia cieca che non gli avevo mai visto.
– *Non t'ammucciare*, infame!
Sento i fischi dei proiettili passarmi vicinissimi, il rumore

assordante, i calcinacci fra i capelli. Due, tre, quattro colpi: l'ultimo fa esplodere il boccione dell'olio dietro cui mi sono nascosto.

Mi muovo di scatto e avverto una fitta al fianco destro. Sono stato colpito? Faccio scivolare una mano dove ho sentito il dolore. È buio, non riesco a vedere, ma sento il sangue inzuppare i vestiti. È appiccicoso, denso, abbondante. Porto due dita al naso e riconosco il profumo inconfondibile dell'olio. Non è sangue! Cerco di placare il respiro: sto ansimando come un cane assetato.

– *Si chiú curnutu d'un catu chino di vavalúci!* – ringhia Mario. Mi sputa addosso, tende le braccia per afferrarmi. – Ora t'ammazzo!

Si ferma e prende la mira, è troppo vicino stavolta, non può sbagliare... Chiudo gli occhi.

– Lasciatemi, *vastasi*! Lasciatemi, ho detto!

Quando torno a guardare, lo vedo scalciare. Si dimena come una vipera mentre un agente col giubbotto antiproiettile lo ha immobilizzato. Mario tenta di sbattergli il calcio della pistola sull'elmetto, ma l'agente rapido gli strappa l'arma e lo trascina fuori neutralizzandolo in una morsa che nemmeno lui riesce a evitare.

Gli spari diminuiscono e la situazione si stabilizza.

Resto rannicchiato in due dita d'olio, ma posso respirare, e non importa se i polmoni bruciano e la schiena è indolenzita.

Sono salvo.

Sono vivo.

Vedo i ROS, il Raggruppamento Operativo Speciale dei Carabinieri. Ammanettano i mafiosi ma sono ancora all'erta e illuminano gli angoli in ombra passandoli al setaccio. Le luci si riaccendono, e riesco a guardarmi intorno: ho evitato per un soffio la pallottola di Mario, ma altri non sono stati cosí fortunati. Non dimenticherò mai i loro occhi rovesciati e le macchie di sangue scuro sulle piastrelle, mai.

– Nel tunnel, presto! – esclama qualcuno.

I ROS si lanciano a fucili spiegati nella stanza dove, fino a pochi minuti fa, i boss festeggiavano l'accordo sorseggiando vino e mangiando una cassata siciliana. Ora fuggono, con gli agenti alle calcagna, e spero con tutto me stesso che li prendano. Perché altrimenti verranno a cercarmi e non ho dubbi che non basterà tornarmene in Piemonte per sentirmi al sicuro.

Dalla Famiglia non si esce.

Mi alzo, anche se barcollo come un sonnambulo. Tutto si muove al rallentatore. Uso il muro per sostenermi, perché le gambe da sole non bastano, sono di burro fuso. Dopo le forze speciali, arrivano gli agenti in borghese. E, alla fine, il volto di un uomo col pizzetto curato e l'espressione compiaciuta.

– Ti è andata bene, Luca –. Cosimo mi porge una bottiglietta.

– Bevi, magari ti torna il giudizio.

– Che significa? – bofonchio. Ogni parola che pronuncio mi provoca un terribile cerchio alla testa...

– Che dovevi restare fuori, al sicuro!

Quando riesco a metterlo a fuoco meglio, capisco che l'amico di mio padre è arrabbiato, ma anche triste e compiaciuto allo stesso tempo. La mia vista però comincia ad annebbiarsi, la stanchezza mi cala sulle spalle tutta insieme, poi si piegano

le gambe e finisco in ginocchio. Cosimo è rapido a tenermi, prima che io finisca faccia a terra.
Mi sento sollevare, vengo steso sul sedile posteriore di un'auto col motore acceso. È l'ultima cosa che riesco a intravedere, perché mi addormento di colpo. O perdo i sensi.

Capitolo 26

La festa di san Calogero Eremita si conclude con il suono delle sirene e le esclamazioni di stupore dei paesani.
A Petramonica non capita tutti i giorni di vedere un elicottero, solo che poi compare la scritta *CARABINIERI* e la meraviglia diventa apprensione.
Infine si sentono gli spari e nessuno li scambia per petardi, dal momento che la processione è finita. Le strade si popolano di uomini che corrono in cerca di informazioni, e donne che piangono.
Tutti si muovono confusi, agitati, disperati; come quando si sveglia qualcuno per dargli una brutta notizia. Ecco, i cittadini di Petramonica si sono appena svegliati.

Ci sono delle ambulanze, fuori dal garage.
Una dottoressa mi dà un'occhiata, poi dice che sto bene. Certo, sono scosso e spaventato, ma posso evitare di andare in ospedale e sono sollevato. Non vedo l'ora di lasciare questo posto, e Cosimo mi porta a casa con la sua auto. Secondo lui a mia madre verrebbe un infarto se mi vedesse arrivare sull'ambulanza.
Ma l'infarto quasi le viene lo stesso: le basta vedermi, dopo tante ricerche in paese... Mi aspettavo che volassero schiaffi e urla a tutto andare, invece lei mi abbraccia come si fa con un

salvagente in mezzo al mare, durante un uragano. E io ricambio. È l'abbraccio piú morbido che abbia mai ricevuto, giuro. Anche gli altri mi stringono e mi baciano, perché è cosí che succede in una vera famiglia: si litiga, si urla, si scappa e ci si becca. Ma nessuno ti vuole altrettanto bene. Nessuno.

Fatto sta che Cosimo se ne va in fretta: l'operazione «Grande Ferrata», come la chiama lui, richiede la sua presenza... insomma, deve tornare dai suoi uomini a dare istruzioni e a riempire un sacco di scartoffie, ma promette di tornare domattina. Cosí ci raccontiamo tutto, dice. Chiede a mia madre di preparare un buon caffè, perché di sicuro farà la nottata.

E la notte passa, non so se in fretta perché in effetti io crollo appena entro in casa. All'alba mamma lascia la nonna in camera sua e viene a pungolarmi per farmi scendere dal letto. Spalanca le finestre per permettere alla brezza del mattino di entrare e si siede sul mio letto. Ha gli occhi cerchiati e si morde le labbra mentre mi guarda.

– Sai che papà e io siamo cresciuti qui... – sembra in difficoltà, solo che non so proprio per cosa, sono io che ho combinato il guaio piú grosso della mia vita!

– Insomma, non è che noi certe cose non le sappiamo... È solo che abbiamo cercato di tenerle lontane. E forse abbiamo sbagliato. Ma da quando ci siamo trasferiti a Torino ci è sembrato meno... meno importante ricordarcene come facevamo quando stavamo qui. E abbiamo fatto lo stesso con te.

Sto per interromperla, ma lei mi prende una mano, con delicatezza. E restiamo cosí, in silenzio, alcuni minuti solo nostri. Poi mamma si mette in piedi con un balzo, mi strizza l'occhio e scende per mettersi ai fornelli.

Io sono ancora frastornato mentre mi alzo dal letto. Il discorso di mia madre proprio non me l'aspettavo. Ma a ripensarci è proprio vero: a casa nostra, a Torino, di mafia non abbiamo mai parlato, non direttamente almeno. Qualche mugugno di papà davanti al telegiornale, al massimo. E a casa non sembrava reale, non come qui, dove può succedere dietro l'angolo, ecco.

Ora Cosimo siede a capotavola con un'enorme tazza piena di caffè fumante, e mamma che continua a rimpinzarlo di biscotti: croccantini di mandorla, malfatti al cioccolato, occhi di bue, trecce all'uvetta, *cubaita* siciliana e reginelle con i semi di sesamo.

– Smettila di girargli intorno, Sara! – sbotta papà. – È adulto e vaccinato...

– È della persona che ha salvato nostro figlio, che stiamo parlando, – gli ricorda per l'ennesima volta. – Gli porto la pasticceria dentro casa, se è necessario. Vado a prendere qualche brioche?

Cosimo sorride. – Sono a posto, grazie –. E, di nascosto, rifila un calcio a mio padre sotto il tavolo, poi mi guarda.

A quanto pare tocca a me, cosí prendo un lungo respiro e racconto tutte le cose che ho fatto con la cricca di Mario. Be', qualche dettaglio lo lascio da parte... ma il senso c'è tutto. Il viaggio a Porto Empedocle, invece, lo spiego per filo e per segno. Secondo Cosimo è solo uno dei nascondigli per la merce di contrabbando, ma le mie indicazioni sono utili comunque... Anche per le informazioni sul motel La Tonnara: Cosimo ci spiega che Scarafia ci nascondeva i latitanti... Insomma, racconto i pezzi che mancano a completare il quadro generale delle indagini. Infine dichiaro l'innocenza di Paolo per l'incidente con la Volvo: è giusto cosí. Subito dopo averlo fatto, mi sento meglio, davvero meglio. Ci si guadagna, a dire la verità.

Prende la parola Cosimo, finalmente, perché ho bisogno di sapere il resto, quello che, invece, non so io.

– Luca è stato coraggioso. Certo, anche un po' incosciente, ingenuo, sconsiderato, avventato e...

Mi schiarisco la voce. – Ehm, possiamo andare avanti?

– L'operazione ha coinvolto i carabinieri di tutta la valle, – continua lui. – Ci lavoravamo da mesi. Non posso dirvi molto altro, a parte il fatto che Luca è stato determinante nell'identificare il covo della cosca. Il tempismo è la nostra arma migliore. Se avessimo sguinzagliato gli uomini per le vie o, peggio, avessimo sbagliato edificio, i mafiosi se la sarebbero squagliata in tutta tranquillità. Si sarebbero fatti *macari* una risata.

– Come avete fatto a non farvi vedere dai ragazzi di Mario?

– Uno ci ha visti, ma lo abbiamo acciuffato. È bastato torchiarlo un po' per fargli spifferare tutto. Un certo Tano...

Mi stupisco, quello schifoso puntava il dito su di me, quando era lui la mela marcia!

Mamma si siede, è rigida nei movimenti. – Li avete presi tutti, vero? Perché dalla mafia, si sa, non si esce facilmente...

– Dal primo all'ultimo. E con primo intendo il boss, Antonio Scarafia, che gestisce la cosca di Petramonica da decenni, e il suo rivale di Rocca Mezzana, Angelo Rinzivillo. Non vi daranno piú fastidio, – assicura, fermandosi a intingere un biscotto nel caffè. – Inoltre, è bene che sappiate la verità sul giuramento fatto da Luca.

– Q-quale verità? – si agita subito mamma.
– Non era una vera cerimonia di affiliazione. Solo un gruppo di ragazzini stupidi che scimmiottavano i veri mafiosi per darsi un tono. Magari li faceva sentire piú grandi. Anche Mario, in realtà, era nel suo periodo di osservazione, il padre Bastiano lo seguiva quotidianamente per istruirlo. Suppongo che il ragazzo stesse facendo lo stesso con Luca. Gliel'hanno lasciato fare per vedere come si comportava, se si sapeva controllare e aveva fiuto nell'avvicinare altri sprovveduti.
– Ancora mi sembra impossibile, – commenta papà, fischiando fra i denti. – Sono ragazzi cosí giovani e già...
– ... vengono avvicinati e selezionati attentamente. Sí, le cose stanno cosí. Ci sono ragazzi entrati in Cosa Nostra a quindici anni. Anche prima, in certi casi.
– Pensi che non ci sia da preoccuparsi, allora? – insiste mia madre. Le vedo il volto meno pallido di ieri sera, spero anch'io che sia la volta buona per chiudere l'assurdo inferno in cui mi sono cacciato...
– Ne sono convinto. Il contributo di Luca è stato utile, ma è passato inosservato. Sembrerà solo uno dei tanti *picciriddi* che se la sono data a gambe quando le cose si sono messe male.
– Il paese è in fermento, – osserva papà. – Tutti parlano di quello che è successo ieri sera. Li ho visti bisbigliare per strada prima che tu arrivassi, e sfogliare i giornali in cerca delle ultime notizie...
– Questa retata non finirà al telegiornale nazionale, – dice Cosimo con un sospiro. Il suo volto diventa triste all'improvviso. – E sui media regionali sarà una delle tante retate, capitata in una zona dell'entroterra che non interessa a nessuno.

Lo sappiamo, di mafia e cosche mafiose ce ne sono tante, piú o meno importanti.
– Come le vittime... – riflette papà, a voce alta.
Cosimo annuisce. – Pensaci, Lillo. Tutti in paese sanno cosa è successo. Magari a qualcuno mancano i particolari, ma lo hanno capito subito. Anzi, lo sapevano già prima, solo che stavano zitti.
– *A megghiu parola è chidda cca nun si rici*, – dico in un dialetto stentato.
Me lo ha detto Mario e cosa vuol dire me lo sono stampato in testa: la miglior parola è quella che non si dice.
– Già, ai mafiosi le chiacchiere non sono mai piaciute. Le persone hanno gli occhi per guardare, la bocca per parlare, ma la paura li blocca. E il silenzio rafforza i prepotenti. Bisogna trovare il coraggio di reagire anche quando i fatti non ci riguardano direttamente.
– Ma non è facile, – dico e ripenso alle minacce di Mario. Temevo davvero che potesse fare male ai miei parenti, e ancora sono certo che se avesse voluto e potuto...
– No, non lo è. Tu lo sai bene.
Cosimo stringe le spalle a papà. – Fate buon viaggio, domani. Vi saluto adesso, casomai non arrivassi in tempo.
Abbraccia mia madre, e quando tocca a me si blocca.
Mi guarda con occhi fieri e mi tende la mano.
– Voglio un saluto da veri uomini, – dice.
E io lo accontento: gli stringo la mano con tutta la forza che trovo. È il mio modo di ringraziarlo e lui, sono sicuro, lo capisce.
Quando esce nella canicola siciliana, mi lascio andare sulla

sedia. Ho molto su cui riflettere, ora e in futuro... Come ho fatto a finire in mezzo alla malavita senza accorgermene? Per stupidità, certo, ma c'è qualcos'altro che non riesco a focalizzare. Ricordo a malapena di essere stato arrabbiato...
Ci sono! Ero furioso con mia madre per il viaggio a Petramonica... incredibile, quasi non lo ricordavo... Giulia, Andrea, il mare della Liguria, le promesse infrante: ora mi sembrano tante sciocchezze in confronto al tipo di vita che ho rischiato di fare. Per non parlare del dolore che stavo per causare ai miei. E nonna Pina? Ero arrabbiatissimo con lei...
– Tesorino, siamo fieri che tu abbia fatto la cosa giusta, – dice mamma, strappandomi ai miei pensieri.
Lo noto appena. *Tesorino*. Sentirglielo dire ad alta voce mi provoca un leggero prurito. Giusto un attimo, in effetti, mentre mamma continua a guardarmi.
– Cosimo ci ha chiesto come favore personale di non punirti, ché non è tutta colpa tua...
– E noi rispettiamo il suo volere, – si inserisce papà. – Ma sei ancora in punizione per l'incidente, ricordi?
– Anche se domani partiamo per Torino?
– È per questo che la chiamano punizione.
– Ho un lavoretto speciale per te, – dice mamma.
Per poco non svengo! Non voglio piú sentir parlare di «lavoretti»!
– La senti, nonna Pina, che chiama dal primo piano? Dobbiamo aiutarla a lavarsi. Andiamo, gioia di mamma tua!
Okay. Ancora i nomignoli. Davvero. Lo ammetto, non ne sentivo la mancanza. Affatto. E qualche settimana fa sarei già andato in ebollizione, o esploso proprio. Ma ora non mi

sembrano poi cosí importanti. Voglio dire, ho avuto un incidente, sono stato minacciato di morte e mi hanno sparato addosso durante una retata. Sarò ben capace di sopportare qualche stupido vezzeggiativo! E ho anche il sospetto che presto mamma si stancherà, «gioia di mamma tua» è lungo da pronunciare ogni volta...
– Sono pronto! – esclamo, cogliendola in contropiede. E ci godo pure, a vederla cosí sorpresa. Solo che stavolta l'ho colpita in senso positivo. – Che c'è? Sono sporco in faccia?
– No, no... andiamo.

Troviamo nonna Pina seduta sul letto, si guarda intorno spaesata come se l'avessimo abbandonata in mezzo al bosco.
– Sara! *Ccà fare c'u figghiu di Franco Balena*? – chiede appena mi vede e si ripara dietro il lenzuolo. – *Mi facisti scantari!*
– Nipote tuo è, non lo riconosci? – risponde mamma.
La saluto con un bacio, poi ci mettiamo uno per parte e l'alziamo accompagnandole le braccia. Le ciabatte gliele infilo io, altrimenti facciamo notte, e ci spostiamo in bagno: è una scatoletta con lavandino, water e bidè, ma sempre meglio di quello sulle scale.
– Ho dimenticato la spazzola... – Mia madre è scocciata, le tocca scendere al piano terra. – Vado a prenderla.
Io resto con la nonna appoggiata al lavandino. Lei si lava la faccia e io le porgo l'asciugamano.
– Grazie, Luca, – mi dice.
– Di niente, nonna –. Mi giro di scatto. – Come hai detto?
– Luca. Il tuo nome è... Luca Padalino.
– Nonna, mi riconosci!

– *Nun sugnu mica strammata!*
Nonna Pina mi fa un sorriso d'altri tempi, pieno di rughe e tenerezza. I peli ispidi delle sopracciglia si increspano l'istante successivo.
– Sei stato promosso quest'anno?
– Sono stato il primo della classe.
– Allora, prendi questi... – Afferra due pezzi di carta straccia dalla vestaglia e me li dà. – Ti ci compri un gelato.
Dieci euro, in pezzi da cinque. Me li giro fra le mani, incredulo.
– Guarda che buoni sono! – insiste la nonna. – Prendili!
Mi affretto a metterli in tasca e torniamo accanto al letto. Nonna Pina si accomoda davanti allo specchio, aspetta il ritorno di mia madre per farsi spazzolare i capelli.
Io la guardo. Finalmente mi ha riconosciuto! Vorrei dirle tante cose, ma sono troppe e s'ingarbugliano l'un l'altra.
– Nonna, ho fatto un pasticcio, – dico alla fine.
– Lo hai fatto apposta?
– Non credo. No... be', piú o meno.
– *Nenti ci fa. Non ci pinsare chiú.*
Nonna Pina mi fa l'occhiolino attraverso lo specchio. Mi riempie di gioia sentire la sua voce, e non me lo so spiegare il perché dato che, fino a dieci minuti fa, era solo una nonna malata che ha dimenticato il nipote mezzo e mezzo. Mezzo piemontese e mezzo siciliano. Né l'uno né l'altro, aggiungerei.
Mamma torna ansimando con una spazzola in mano. – Non riuscivo a trovarla –. Mi vede fermo accanto alla nonna e si stupisce. – Hai fatto tutto da solo?

– Che c'è di strano?
– Niente, è che di solito... Ah, non importa!
– Mamma, non riuscirai a crederci... – comincio a dire, raggiante. – La nonna mi ha riconosciuto! Abbiamo parlato!
– Ma quando? Adesso? – dice piazzandosi davanti a lei come un sergente maggiore. Le osserva le pupille e fa: – Mamma! È vero che hai riconosciuto Luca?
La nonna sorride, si stropiccia le mani.
– Sí. M'aiutò –. Tira su il naso, poi mi dice: – Salutami *a to' matri*, quando torni alla ferramenta.
Io corrugo la fronte, non ho proprio capito e mia madre sospira. – Franco Balena ha una ferramenta.
– Mamma, te lo giuro, ha detto il mio nome!
– Ti credo, bambino mio. Le capita, a volte, qualche sprazzo di lucidità, peccato che siano brevi. E rarissimi.
Mi dispiace che nonna Pina si sia persa di nuovo nelle nebbie della sua malattia, è stato bello quando era cosciente, davvero. Decido che non dirò dei soldi che mi ha regalato, sarà il nostro segreto.
– Sbrighiamoci, – dice mamma. – Hai dimenticato che oggi è il suo compleanno? Lo festeggeremo con tutti i parenti. Memoria o no. E tu mi aiuterai a preparare...
Mi rivolge uno dei suoi sguardi furbetti. Si aspetta una scenata, ne sono sicuro, ma adesso non mi importa granché. E non intendo darle questa soddisfazione. So essere meglio di cosí, se voglio.
Perciò la sorprendo quando dico: – Prima si comincia, prima si finisce. Andiamo!
– Sei sicuro di sentirti bene, Luca?

L'ho colpita ancora, anzi: colpita e affondata. Ma non sto fingendo, davvero. È che non riesco ad arrabbiarmi per una simile sciocchezza. Voglio dire, è solo una provocazione. *Nenti ci fa!*

Secondo mio padre «non c'è festa senza anguria» e noi l'abbiamo finita, cosí devo scendere a casa di zio Carmine per recuperarne una.

Prima di uscire, però, papà mi dà il permesso di usare il suo telefono per chiamare Paolo. Il mio se l'è tenuto Cosimo come prova, ovvio, era pieno di foto e messaggi.

Ora sono nella cucina degli zii, con un bicchiere d'aranciata in mano. Paolo mi sta guardando come un alieno: dev'essere per il favore che gli ho chiesto poco fa al telefono... Zia Rosalba ci interrompe e tira fuori un'enorme anguria dal frigorifero, l'avvolge in un triplo giro di sporte di plastica e ce l'affida.

– Abbiatene cura, – dice, manco fosse un neonato.

– Li aiuto io, mammina! – strilla Cettina.

– Tu fili dritta dritta sotto la doccia.

– Ma l'ho fatta ieri!

– E sbrigati, altrimenti facciamo tardi!

Approfittiamo del trambusto per tagliare la corda.

Uscendo incrociamo zio Carmine. A malapena riesco a guardarlo in faccia: dopo quello che è successo, chissà cosa pensa di me...

– Fate attenzione, ragazzi, – ci mette in guardia. Il modo in cui trasportiamo l'anguria non deve ispirare molta fiducia.

– Ci proviamo, zio, – rispondo con lo sguardo a terra. Ma

lui mi sbarra la strada incrociando le braccia al petto. Allora alzo gli occhi e mi rendo conto che non riesco a guardarlo anche per un altro motivo: ora so il perché dell'espressione opaca che gli affiora a tratti, invecchiandolo di vent'anni in un secondo. Leonardo gli torna in mente quando meno se lo aspetta. Magari è lí che racconta uno dei suoi comici aneddoti di paese, e poi si assenta di colpo. Pensa al figlio che ha perso. Non riesco nemmeno a immaginare cosa si prova a sentire un simile vuoto.

– Non ci pensare piú, – mi dice zio. – *Cu fici fici.*

– Quel che è fatto è fatto, – traduco a voce alta.

– Le macchine si aggiustano. I nipoti no.

Mi scompiglia i capelli e ci apre la porta. Usciamo.

Facciamo un pezzo di salita in silenzio. Primo, perché ho gli occhi lucidi e non voglio che mio cugino mi veda cosí. Secondo, perché l'anguria pesa un accidente e ci mozza il fiato quasi subito.

A metà strada ci fermiamo all'ombra di un fico, siamo circondati da immensi campi di grano segato che il sole fa brillare come oro zecchino, increspati dal vento cocente come flutti marini. Qualche raro albero da frutto, per lo piú ulivi, e colline brulle a perdita d'occhio. Quiete e silenzio, profumi fruttati nell'aria. La serenità del paesaggio mi riporta in un secondo a Torino, nella mia città, che non potrebbe essere piú diversa, frenetica e rumorosa.

– Hai preso quello che ti ho chiesto? – domando.

– Sí, ma prima mi dici a cosa ti serve.

– Fammela vedere.

Paolo tira fuori una fotografia spiegazzata e me la mostra.

– Non è quella in soggiorno.
– Infatti, è la mia personale.
Resto stupito, pensavo che non gli facesse piacere vederlo, per la storia della competizione tra loro... ma non mi azzardo a dirglielo.
Lui sospira. – Non la guardo spesso, ecco perché te la do volentieri. Ma era mio fratello e mi sarebbe piaciuto avercelo ancora. Vivo, intendo.
Paolo scaccia le vespe che gli ronzano intorno, attirate dal liquido zuccheroso dei fichi sopra le nostre teste.
Mi faccio coraggio, voglio che lui lo sappia. – Ti ho chiesto la foto di Leonardo per tenerla accanto alla tua, sopra al mio letto. Voglio ricordarmi che essere grandi non ha niente a che fare con i telefonini o con gli abiti firmati. Significa fare la cosa giusta, anche se non fa rumore.
– Sono felice di aver riavuto indietro mio cugino.
Tra risate e complimenti, ci sfugge l'anguria. Paolo si butta a terra per fermarla con il corpo e io acchiappo le maniglie della borsa.
– Sembrate Franco e Ciccio! – dice una voce. Lucia sta attraversando la strada per venirci incontro.
– Franco... chi?
Paolo mi guarda storto. – Davvero non li conosci?
– Sono comici di *Zelig*?
A quel punto, lei mi dà uno schiaffo, di quelli forti per davvero.
– Questo è per esserti comportato da stupido!
Poi mi dà un bacio, di quelli forti che piegano le ginocchia.
– E questo perché mi piaci, Luca Padalino.

Sono cosí rosso che non riesco piú a distinguere il dolore dalla vergogna, perché bruciano entrambi.
– Ah, voi maschi! – ridacchia Lucia. – Andate nel pallone con un semplice bacio. Vedi di riprenderti in tempo per stasera.
Sia io che Paolo la fissiamo con aria interrogativa, ma lei mi si avvicina e allontana un po' mio cugino.
– Mi devi un primo appuntamento, ricordi?
– Non lo abbiamo già avuto? – E, nel momento stesso in cui lo dico, vorrei mordermi la lingua e dare testate contro il muro. Certe cose non s'imparano mai...
Lucia non risponde. Mi fissa. Un ricciolo le cade lungo l'orecchio e punta alla scollatura del vestito.
– Ci vediamo alla fontana. Solo io e te, chiaro?
Ha gli occhi che le brillano. Non è una domanda, mi sta avvertendo e stavolta ho capito alla perfezione. Dopodiché, si allontana in una nuvola di profumo che ricorda gli agrumi.
Io e Paolo restiamo a guardarla, pure se siamo in mezzo alla strada.
– Ma non sei in punizione?
– Non stasera, – rispondo senza staccarle gli occhi di dosso.
E, per un momento, tutto è come dovrebbe essere.

Ringraziamenti

Le storie non valgono nulla, se non c'è qualcuno a cui raccontarle. Gianna, a te un grazie di cuore, perché hai ascoltato *Grande* innumerevoli volte, e hai elogiato ogni nuova versione, anche se l'amore ha indubbiamente influenzato il tuo parere.
Desidero ringraziare Davide Morosinotto, che ha creduto in questo progetto fin dall'inizio e mi ha aiutato a «incattivirlo» come merita.
Un ringraziamento particolare va al team di Book On a Tree, per la fiducia e il sostegno nel diffondere le storie che ho «dentro».
Sento poi il dovere di ringraziare la mia editor, Barbara Gozzi, che mi ha accolto con amicizia e ha contribuito al mio romanzo con il suo prezioso lavoro.
Ringrazio la mia famiglia per il sostegno incondizionato, e per la consulenza nell'uso del dialetto (gli eventuali errori sono solo miei).
Da ultimo ringrazio tutte le persone che senza saperlo hanno contribuito a tratteggiare la mia Sicilia, permettendo a questo libro di esistere. Compreso te, Paoluccio.

Parole e frasi dialettali

Ecco un breve elenco di parole, frasi e modi di dire dialettali. Ai siciliani che lo leggeranno chiedo un po' di pazienza per eventuali imprecisioni: proprio come Luca, il dialetto lo conosco poco.

Abbrazzari: abbracciare
Acchianari: salire
Accussí: cosí
Acíeddi: uccello, qui nel senso di informatore
Ammucciari: nascondere
Assittatevi: sedetevi
Astabbanna: da questa parte
Avere gana: avere voglia, intenzione
Babbaluciaru: venditore di lumache cotte
Babbiàri: scherzare
Babbiata: cavolata
Bedda picciotta: bella ragazza
Cabbasisi: capperi, testicoli (per estensione)
Calare: cadere
Carnezzeria: macelleria
Carrabbunera: carabinieri
Caruso: ragazzo
Chissa: questa

Cubaita: torrone tipico siciliano
Cunzari: apparecchiare, preparare, condire
Farfantaría: bugia, menzogna
Frati: fratello, amico molto stretto
Inchinu: riempiono
Inchirono: riempirono
Lassare: lasciare
Macari: magari
Minne: mammelle
Nenti: niente
Nuàutri: noialtri
'Nzumma: insomma
Piccioli: soldi
Picciotto, picciò: giovanotto
Picciriddu: bambino, ragazzo
Pigghiata: presa
Prescia: fretta
Sacciu: so
Sapiddru quale: chissà quale
Scantari: spaventare
Scecco: somaro
Sciupafimmine: sciupafemmine, playboy, dongiovanni
Statti: stai
Stigghiola: salsiccia di budella di agnello
Strammare: impazzire, andare fuori di testa
Sturduti: storditi, scemi
Susiti: alzati
T'arricuordi: ti ricordi
Tammurinara: suonatori di tamburi che aprono le processioni

Tanticchia: poco
Testa leggia: testa vuota, smemorato
Tintu: cattivo
Vasa: bacia
Vastaso: maleducato, immorale
Vattinne: vattene
Vúliti: volete
Zito: fidanzato

A megghiu parola è chidda cca nun si rici: La miglior parola è quella che non si dice.
Adasciu, cu t'ammutta?: Stai calmo, chi ti fa fretta?
Addiventasti serio tuttu nzemmula. Cu ccu ce l'ha?: Sei diventato serio tutto in una volta. Con chi ce l'hai?
Appiccio u fornu: Accendo il forno.
Araaanciii! Milunaaa! Petrosinuuu... A quattru mazzi!: Arance! Meloni! Prezzemolo... A mazzetti!
Ascunta a mia: Ascoltami, dammi retta.
Attacca lu sceccu dunni voli 'u patruni: Lega l'asino dove vuole il padrone.
Bedda matri!: Mamma mia!
Bona 'sta pinsata: Bella questa pensata.
C'addumanni li chiavi u patruni!: Chiedi le chiavi al proprietario!
Ccà fare c'u figghiu di Franco Balena?: Perché è qui il figlio di Franco Balena?
Cca' fare cu' du olive!: Che ci facciamo con due olive!
Ce l'hai du chila di pecura?: Hai due chili di pecora?
Che facimmo stasira?: Cosa facciamo stasera?

Chi cumminate?: Cosa combinate?
Chi vúlite?: Cosa volete?
Chissu ca' nun è me frati: Questo non è mio fratello.
Chissu voli Mario Modica: Cerca Mario Modica.
Ci capimmo?: Ci siamo capiti!
Cu è?: Chi è?
Cu fici fici: Quel che è fatto, è fatto.
Cu nasci tunnu un pò muriri quadratu: Chi nasce tondo non può morire quadrato.
Darrè 'o tavolu!: Dietro il tavolo!
Dassutta a chiazza: Sotto alla piazza.
Di cu' sí figghiu, tu?: Di chi sei figlio, tu?
Frate', non ti cafuddu sulu picchí a merda schizza!: Fratello, non ti prendo a botte per non sporcarmi le mani.
Iatevinne a casa!: Andatevene a casa!
Ioca co' computer mentri ia parlu cu to' ma': Gioca con il computer mentre parlo con tua madre.
La so' famigghia la canúsci?: La sua famiglia la conosci?
La so' ngiuria la canusci?: Lo conosci il suo soprannome?
Li mangiassero li cani!: Che se lo mangiassero i cani!
Ma chissu picciotto nun' è du paisi: Ma questo ragazzo non è del paese.
Ma cu è chistu sturduto?: Ma questo è scemo?
Ma si babbu?: Ma sei scemo?
Mi facisti scantari: Mi hai fatto spaventare.
Mi parse: Mi è sembrato.
Nenti vitti, nenti sacciu: Io non so niente, non vedo niente.
Non ci pinsare chiú: Non ci pensare piú.
Non t'ammiscare cu chissi!: Non metterti con questi!

Non t'ammucciare: Non nasconderti.
Nun sugnu mica strammata!: Non sono mica pazza!
Nun travagghiu: Non lavoro.
Pi pagarimi i danni!: Per pagarmi i danni!
Pi' canusciri un cristiànu si ci havi a manciàri 'nsemmúla: Per conoscere qualcuno bisogna mangiare insieme a lui.
Si chiú curnutu d'un catu chino di vavalúci: Sei piú cornuto di un catino pieno di lumache.
Si ti voi fari amari, fatti disidirari: Se ti vuoi far amare, fatti desiderare.
Signuruzzu beddu!: Oh, Signore!
Sta babbiando: Sta scherzando.
T'arricuordi: Ti ricordi.
Ti scurdasti ca sunnu astemio?: Ti sei dimenticato che sono astemio?
To' matri: Tua madre.
Tu figghiu arrivò: Tuo figlio è arrivato.
U carusu ave i piedi di chiummo?: Il ragazzo si è bloccato.
U picciriddu si scantò: Il bambino si è spaventato.
Unne va u figghiu: Dove va il figlio.

Avvicinato. Un aspirante mafioso non ancora affiliato alla famiglia. Viene messo alla prova per saggiarne l'affidabilità nel compiere le «commissioni» (estorsione, contrabbando, riscossione dei soldi del racket, trasporto di armi da un covo all'altro, furto di automobili e moto per compiere atti criminali).

Cantare. Raccontare alla polizia le attività della cosca. Il mafioso che compie questo gesto – disonorevole per la cosca – viene anche definito «quaquaraquà», uno che parla troppo, inaffidabile.

Cosca. Clan, famiglia mafiosa che, agli ordini di un capo, svolge attività criminose in una determinata zona. Un'associazione di eletti, o iniziati, in cui si entra e a cui si deve giurare fedeltà.

Infame. Un mafioso che collabora con la giustizia, l'azione piú spregevole di tutte per la cosca.

Mesata. È la quota del pizzo che deve versare un commerciante. Il termine «mesata» indica letteralmente la durata di un mese ma spesso viene pagata ogni novanta giorni.

Pizzo. Forma di tangente, ovvero una tassa illegale, imposta dalla mafia a commercianti, imprenditori e professionisti in cambio di una supposta «protezione» dell'attività.

Punciuta. Il nome del rito di iniziazione compiuto dai membri di Cosa Nostra, l'altro nome della mafia, caratterizzato da un giuramento e una puntura.

41 bis. È la norma con cui nel 1992 viene modificata la legge sull'ordinamento penitenziario. Prevede l'isolamento o la detenzione differenziata per boss e affiliati alla mafia.

Rappresentante. È il capofamiglia mafioso, detto anche «pezzo da novanta» o «boss». È spesso affiancato da un vice e da uno o piú consiglieri, scelti fra i mafiosi con particolare esperienza.

Uomo d'onore. Il membro di un clan mafioso regolato da leggi che vanno rigorosamente rispettate. Detto anche «soldato», si occupa delle attività criminali che gli impartisce il suo superiore (o capodecina): omicidi, traffico di droga, usura, estorsioni, riscossioni.

Indice

Finito di stampare nel mese di settembre 2017
per conto delle Edizioni EL
presso Grafica Veneta S.p.A., *Trebaseleghe (Pd)*